Tomber pour les Warrens

Pure Escapes

Kit Kyndall

Published by Amourisa Press, 2023.

Tomber pour les Warrens

Trois hommes tentants, un choix audacieux, et les choses ne seront plus jamais les mêmes.

HEATHER ROSS EST CHEZ les Warren pour rencontrer la famille de son petit ami. Daniel, identique à son Michael, est une pure tentation. Cliff, l'aîné des Warren, est un sexy renard argenté. Comment est-elle censée résister à une telle tentation ? Et si son petit ami ne veut pas qu'elle résiste ? Et s'il voulait la partager avec les hommes les plus importants de sa vie ?

Pure Escapes sont des novellas torrides qui vont droit au but. Il y a des alphas OTT, des instants d'amour fous, des désirs palpitants et des scénarios improbables. Ce sont de purs fantasmes d'évasion. A découvrir !

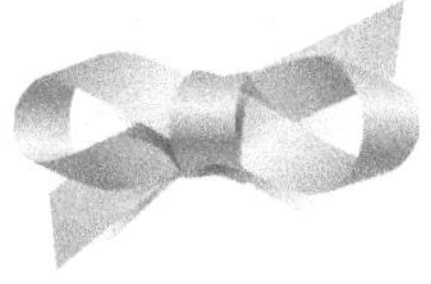

Chapitre Un

LES NERFS D'HEATHER Ross se sont resserrés sur son estomac lorsqu'elle est entrée dans l'élégante maison avec son petit ami, Michael Warren. Il lui tenait la main, et elle s'en servait pour se stabiliser alors qu'elle se préparait à rencontrer la famille de Michael. Il avait un frère et un père, et bien qu'elle et Michael sortent ensemble depuis cinq mois, elle n'a pas encore rencontré les autres.

Maintenant qu'ils avaient terminé leurs études et obtenu leur baccalauréat il y a quelques jours, Michael l'avait invitée à passer l'été avec lui à la maison Warren, où il vivait encore officiellement. C'était un grand pas en avant, et elle était prête. Elle était également nerveuse à l'idée de faire bonne impression auprès de sa famille.

"Détendez-vous. Ils vont t'adorer." Il y a eu une étrange lueur dans ses yeux pendant un moment. "Daniel va vraiment t'aimer."

Elle fronça les sourcils, n'étant pas certaine de ce que cela signifiait, mais avant qu'elle ne puisse poser la question, ils avaient traversé l'entrée et étaient entrés dans le salon. Deux têtes sombres identiques étaient assises dans des fauteuils à oreilles, fixant toutes deux la télévision où se déroulait un match de sport. Elle put identifier qu'il s'agissait de football, mais ne sut rien de plus.

"Nous sommes rentrés", dit Michael.

Dans un tourbillon d'activité, les deux hommes qui étaient assis se sont levés et se sont tournés vers eux. Les genoux d'Heather faiblissent immédiatement, mais pas à cause de la nervosité. "Tu ne m'as jamais dit que Daniel était ton vrai jumeau. Il y avait une note d'accusation dans sa voix, et ses joues se colorèrent lorsqu'elle rencontra les yeux de Daniel. Ils étaient évaluateurs, et elle y vit immédiatement un soupçon d'attirance.

C'est ce que Michael avait voulu dire tout à l'heure ? Que lui et son frère partageaient les mêmes goûts en matière de femmes, et que Daniel était donc sûr de l'aimer ?

Cette pensée a fait friser ses orteils dans ses sandales. Elle a fait monter la chaleur dans son ventre, et elle était soudain humide à l'idée d'être touchée par Michael et Daniel. L'humidité augmenta lorsqu'elle détourna le regard de Daniel et aperçut pour la première fois le père de Michael.

Cliff Warren a dû être le moule original dans lequel les jumeaux ont été coulés, et il les favorisait grandement. Il était une version plus dure, plus ferme et plus âgée d'eux. Ils avaient tous des cheveux d'un noir profond et des yeux d'un bleu brûlant d'une nuance plus claire que la marine. Elle était soudain si excitée qu'elle avait envie de se jeter dans les bras de Michael et de le chevaucher sur-le-champ.

D'une manière ou d'une autre, elle réussit à retrouver son calme et tendit sa main lorsque Cliff lui tendit la sienne pour la serrer. Le simple contact de sa main contre la sienne provoqua des picotements sur sa peau et une chaleur qui remonta le long de son bras et se répandit dans tout son corps. L'effet fut le même lorsqu'elle toucha la main de Daniel quelques instants plus tard. Elle était trempée et ses tétons perçaient à travers son maillot de bain avec une telle force qu'elle doutait que quelqu'un puisse les remarquer.

Surtout Daniel, dont le regard était braqué sur eux, admirant manifestement la poitrine de la jeune femme. Il leva son regard pour rencontrer le sien et lui fit un clin d'œil.

"Pourquoi ne pas installer notre invitée dans sa chambre, et nous commanderons de la nourriture thaïlandaise ? dit Cliff.

"Nous n'aurons probablement pas faim avant une heure. Nous avons déjeuné avant de quitter l'université", dit Michael.

Cliff acquiesce. "Dans ce cas, nous allons retarder un peu la commande". Son regard se posa sur Heather et il sourit. C'était une expression chaleureuse, qui la fit monter en température. "N'hésitez pas à faire comme chez vous, Heather, et à utiliser tout ce que vous voulez pour votre plaisir.

Les mots sonnaient positivement comme un péché, mais c'était peut-être juste sa propre perception, et la façon dont elle a immédiatement imaginé comment elle pourrait obtenir du plaisir de la part des trois hommes qui l'entouraient. Qu'est-ce qui ne va pas chez elle ? Elle secoua la tête, essayant de s'éclaircir les idées, tandis que Michael l'emmenait plus loin dans le couloir jusqu'à un escalier.

Ils grimpent ensemble et elle admire la maison. Bien plus que fonctionnelle, il était évident que la famille Warren avait de l'argent. Ayant grandi presque sans argent, elle était un peu impressionnée et intimidée, et elle était heureuse que Michael et elle soient sortis ensemble pendant un certain temps avant qu'elle ne découvre ses origines aisées, ne voulant pas qu'il pense qu'elle en voulait à son argent.

"Vous avez cette chambre", dit Michael en ouvrant une double porte et en faisant un signe de la main pour qu'elle le suive.

Elle entra dans la pièce et admira le bois blond sous ses pieds. Il était si pâle qu'il en était presque blanc, et les murs étaient d'une teinte similaire. Les meubles étaient également blancs et délicats, avec des touches de lavande. "C'est charmant. Il doit faire trois fois la taille de ma chambre d'étudiant." Non pas qu'elle ait passé beaucoup de temps dans son dortoir au cours des cinq derniers mois. Elle avait pratiquement vécu dans l'appartement de Michael, qui était une unité étudiante clairsemée, ne donnant aucun indice sur sa véritable situation financière.

"J'ai pensé que tu voudrais avoir ta propre chambre, mais tu es toujours la bienvenue pour partager mon lit. En disant cela, Michael ferma les portes et vint se placer derrière elle, prenant ses biceps avec ses mains tandis que la chaleur de sa bite se pressait contre la courbe de son cul. "Ou je pourrais partager ton lit".

La bienséance voulait qu'elle ne saute pas dans le lit de son petit ami dès leur arrivée dans la maison de son père. Ils devraient être en train de socialiser et de faire plus ample connaissance, mais après la secousse qu'elle avait eue en rencontrant son père et son frère, elle n'était pas en état de refuser ce que son corps voulait.

Elle n'a pas résisté lorsque Michael a commencé à déboutonner les boutons de sa robe. Elle tomba à ses pieds un instant plus tard, et le soutien-gorge rose suivit rapidement. Lorsqu'elle se retrouva dans sa culotte assortie, elle se tourna vers lui, l'aidant à enlever son T-shirt avant de s'attaquer à son short avec des mains avides.

Lorsqu'ils se tenaient tous deux en sous-vêtements, elle lui prenait les fesses à travers le tissu, appréciant la sensation de la longueur de son corps qui s'enfonçait dans son ventre. Il mesurait un pied de plus qu'elle, avec une charpente solide, et il lui donnait toujours l'impression d'être protégée et délicate.

Il la souleva ct elle enroula ses cuisses autour de sa taille. Sa bouche s'empara de la sienne dans un baiser chaud et affamé, tandis qu'il la portait jusqu'au lit et l'allongeait. La bouche de Michael descendit le long de son menton jusqu'à son cou, dont il suça la courbure, sachant à quel point cela la rendait folle. Elle se tordit sur le lit pendant que sa bouche opérait sa magie et que ses doigts descendaient plus bas, écartant sa culotte pour qu'il puisse caresser sa fente nue.

Il gémit de plaisir. "J'aime quand tu viens de t'épiler".

Elle a marmonné quelque chose, ce qui était un accord acceptable. Elle savait à quel point il aimait cela, et c'est pourquoi elle continuait à le faire. Ce n'était certainement pas parce que c'était une expérience amusante, mais le fait d'avoir ses fesses complètement dénudées la rendait beaucoup plus sensible, et c'était donc pour eux deux.

Il lui enlève sa culotte et la jette sur le côté avant de faire de même avec son slip. Puis il s'agenouille entre ses cuisses. "Dois-je manger cette chatte ?"

Elle hocha la tête et gémit lorsque sa langue glissa le long de son abdomen jusqu'à sa fente. Il s'y arrêta un instant avant d'effleurer ses lèvres extérieures. "Michael, s'il te plaît. Elle était si désespérée de le sentir en elle, d'abord avec sa langue, puis avec sa longue et épaisse bite. "J'ai besoin de toi.

"Vous êtes très mouillée", dit-il, avec une étrange inflexion dans son ton qu'elle n'arrive pas à déchiffrer.

"Je te veux".

"Je sais que c'est le cas". Il rit. "Pourtant, tu es encore plus mouillée que d'habitude. Je me demande bien pourquoi". Il lève les yeux vers elle.

Elle se tortilla sous l'intensité de son regard, son esprit se remémorant son attirance instantanée pour son frère et son père. L'avait-il remarqué ? L'appelait-il sur ce point ? En examinant son expression, il n'avait pas l'air contrarié. Il semblait même plus excité que d'habitude. Peut-être était-il excité par l'idée qu'elle soit attirée par son frère ?

Il n'avait probablement pas réalisé qu'elle avait eu une réaction similaire à celle de son père. Elle ferma les yeux lorsque les images interdites des deux jumeaux la touchant lui revinrent à l'esprit, et elle se tortilla à nouveau, soulevant ses hanches en signe de désespoir.

Michael finit par acquiescer, pressant sa bouche contre sa chaleur humide. Sa langue glissa à l'intérieur d'elle, traçant autour de son clitoris avant de balayer sa fente de haut en bas. Il sonda son ouverture avant de glisser à nouveau sur son clito avec le côté large de sa langue. Puis il en utilisa juste la pointe pour tracer son anatomie une fois de plus.

Elle lui prit la tête, le maintenant contre elle au même endroit, puisqu'il essayait de s'éloigner avec une fréquence exaspérante. Elle ne voulait pas qu'il la taquine. Elle voulait juste jouir. Elle s'est agrippée à lui, dirigeant sa langue vers son clito, et a chevauché son visage tandis qu'il la suçait et la léchait. Lorsqu'il inspira avant d'expirer contre son clito, cela la fit basculer et elle cria de plaisir.

Il se redressa, essuyant son excitation sur son visage avant de redescendre pour l'embrasser. Sa langue pénétra dans sa bouche, lui offrant un goût de son propre plaisir, et elle lécha sa langue avant d'enrouler ses bras autour de lui pour l'attirer plus près.

"J'aime te regarder jouir. Tu es tellement incroyable. Tellement belle, mais jamais plus belle que lorsque tu jouis de quelque chose que j'ai fait." Michael leva la tête pour prononcer ces mots, puis il la surprit en se penchant dans l'autre sens, l'entraînant avec lui.

Bientôt, elle est à califourchon sur son ventre. "Chevauche-moi, Heather. Laisse-moi voir tes magnifiques cheveux dans mon visage. Baise-moi."

Elle tremblait d'impatience et se rendait à peine compte qu'elle avait déjà eu un orgasme. Elle était désespérée et avait de nouveau envie de lui, alors elle s'est penchée en arrière et a posé ses plis sur le dessus de sa bite dure. Elle frotta un peu, ce qui le fit gémir et libérer une poussée de pré-cum. Aussi mouillée qu'elle l'était, elle n'eut aucun mal à glisser le long de sa queue et à la prendre entièrement en elle. Ils ont tous les deux grogné en sentant qu'ils avaient atteint leur but et elle s'est assise sur lui pendant un moment avant de commencer à se cambrer de haut en bas.

Michael gardait ses mains sur ses hanches, pour la stabiliser, mais c'est elle qui donnait le rythme. Leur accouplement était dur et frénétique, et tandis qu'elle le chevauchait, elle se penchait en avant pour que ses cheveux tombent sur son visage. Puis elle se pencha un peu plus bas, bien que cela lui étire le dos, et l'embrassa profondément.

Elle leva les yeux vers la porte lorsqu'elle crut entendre un craquement. Heather sursauta en voyant une paire d'yeux bleus qui la fixaient à travers une fente entre les portes ouvertes, que Michael avait fermées. Daniel lui fit un clin d'œil, sans faire le moindre geste pour partir. Il avait manifestement l'intention de profiter du spectacle.

Elle aurait dû être indignée et consternée. Elle aurait dû lui crier de les laisser tranquilles et se précipiter pour fermer la porte et la verrouiller cette fois-ci. Elle n'a rien fait de tout cela. Au lieu de cela, elle a croisé le regard de Daniel et s'est léché les lèvres en chevauchant Michael avec force et rapidité, ayant besoin de la friction de sa bite contre son point gastrique.

Alors qu'elle regarde Daniel tout en baisant Michael, Daniel ouvre encore plus grand la porte. Il lui offrait son propre spectacle. Il avait ouvert son short et tenait sa longue bite dans sa main. D'après la distance qui les séparait, il semblait être identique à Michel sur ce point également. Il était long et épais, et elle avait envie d'y goûter.

Il caressait sa bite de façon presque frénétique, et c'est la première vision de sa semence se répandant sur sa main qui a déclenché son orgasme. Elle se serra fort contre Michael, s'accrochant à ses épaules, mais ne détournant pas son regard de Daniel lorsqu'il finit de jouir, la salua d'un signe de tête et ferma doucement la porte.

Son plaisir l'a submergée, et lorsque Michael a joui en elle, elle s'est effondrée contre lui, surfant sur les vagues de la félicité. Ce n'est qu'après, lorsqu'il les a tournés sur le côté, qu'elle a réalisé ce qu'elle avait fait.

Elle avait baisé les yeux de Daniel alors que Michael était en elle. Quel genre de message cela avait-il envoyé ? Daniel s'attendait probablement à ce qu'elle tienne une promesse tacite. Elle n'était pas du genre à tricher, et elle était amoureuse de Michael, alors comment avait-elle pu répondre de cette façon à Daniel ? Elle ne comprenait pas et se sentait coupable.

Michael ne semble pas s'en rendre compte. Il déposa un baiser sur son front. "Je sais que tu veux prendre une douche, alors je vais passer dans ma chambre pour déposer mes affaires, puis je serai en bas. Descends quand tu seras prête." Il l'embrassa à nouveau avant de descendre du lit.

Elle le regarda partir en hochant la tête. Elle resta allongée un long moment, sentant sa libération en elle tandis qu'elle se torturait de culpabilité pour ce qu'elle avait fait. C'était une forme de tromperie, n'est-ce pas ? Soudain, elle ne pouvait plus supporter que Michael ne le sache pas. Elle détestait avouer son péché, mais elle ne se sentait pas capable de le lui cacher. Elle avait aussi besoin de Michael pour rester forte, parce que Daniel représentait une trop grande tentation.

Sans parler de Cliff, murmura une voix séductrice au fond de son esprit. Elle l'écrasa rapidement en sortant du lit. Elle tâtonna avec son maillot de bain et l'enfila, certaine d'avoir oublié quelques boutons, mais ne s'inquiéta pas trop alors qu'elle sortait de sa chambre pour trouver celle de Michael.

Son estomac se serra d'angoisse lorsqu'elle s'imagina lui raconter ce qui s'était passé. Elle ne voulait pas s'interposer entre les deux frères, et il lui vint à l'esprit que Michael pourrait être en colère contre Daniel. Peut-être ne devrait-elle rien dire après tout ? Elle s'arrêta devant sa porte, doutant de la sagesse d'avouer ce qui s'était passé, ce qui lui permit de réaliser que Michael n'était pas seul.

"Elle est très chaude, Michael. J'ai envie d'être à fond dans ses couilles."

Michael s'esclaffe. "Je ne suis pas surpris. Nous avons toujours eu les mêmes goûts. Mais Heather est différente. Elle est spéciale pour moi, et je ne pense pas qu'elle soit du genre à vouloir être partagée. Tu devras te contenter de fantasmer et de te faire la main."

Daniel gémit. "C'est vraiment injuste. Comment pouvez-vous l'amener ici, la faire parader devant moi, et ensuite dire qu'elle est interdite ?"

"Je n'ai pas dit qu'elle était hors limites".

Les yeux d'Heather s'écarquillent à ces mots et elle met une main sur sa bouche pour étouffer un cri de stupeur.

"Ce serait la décision d'Heather, pas la mienne", dit Michael, semblant remarquablement indifférent à l'idée que son frère convoite sa petite amie. "Je savais que tu la désirais, mais je ne pense pas qu'elle le fera". Michael avait-il l'air de regretter ? Son ton suggérait certainement qu'il n'était pas heureux d'avoir supposé qu'elle ne serait pas disposée à se laisser toucher par son frère.

Heather appuya une main sur son cœur galopant en s'adossant au mur. Sa chatte palpitait d'une excitation renouvelée tandis qu'elle les écoutait parler d'elle. Elle se mordit la langue pour retenir un gémissement lorsque Daniel dit : " Je ne peux pas m'empêcher de l'imaginer en train de se pencher pour glisser dans cette chatte chaude pendant que tu sens sa bouche s'enrouler autour de ta bite. Tu es sûr qu'elle n'est pas d'accord ?"

Heather retint son souffle en attendant de voir ce que Michael allait dire. Elle n'était même pas certaine de ce qu'elle dirait si l'un d'eux le lui demandait. Avant que l'occasion ne se présente, elle aurait pensé qu'elle rejetterait immédiatement l'idée, mais maintenant elle était là. Voulait-elle vraiment être partagée par Michael et Daniel ? Un élancement douloureux entre ses cuisses lui confirma que oui.

"Comme je l'ai dit, c'est à Heather de décider. Vous savez que ça ne me dérange pas de partager, mais je ne peux pas parler pour elle."

Ayant assez entendu, et abandonnant son projet d'avouer, elle se précipita dans la chambre d'amis et ferma la porte, la verrouillant derrière elle. Elle appuya son front contre le bois, reprenant son souffle alors que les images du partage avec les jumeaux l'envahissaient.

Elle enfonça ses doigts dans sa chatte, la punissant presque pour son besoin, tout en se frottant durement avec deux doigts. Elle était mouillée par leurs paroles et rendue plus glissante par le reste de sperme que Michael avait laissé en elle. Imaginer Michael et Daniel en train de jouir en elle était suffisant pour la faire basculer à nouveau, et elle se mordit la lèvre en gémissant doucement. Ses genoux faiblirent, et elle s'appuya lourdement contre la porte pendant un moment alors qu'elle luttait pour retrouver son calme.

Lorsqu'elle put à nouveau se tenir debout, elle se précipita dans la douche et se lava. Elle pouvait nettoyer le sperme, mais elle ne pouvait pas effacer ses pensées. Des pensées répugnantes et illicites d'avoir deux hommes. Si Daniel et Michael étaient d'accord, ce ne serait pas mal, n'est-ce pas ? Les mœurs sociales traditionnelles suggéraient qu'elle devrait être horrifiée par l'idée, mais elle ne pouvait pas prétendre que cela ne l'excitait pas.

Elle n'avait pas encore pris sa décision, et elle n'était même pas sûre qu'ils lui demanderaient vraiment de les baiser tous les deux en même temps, mais elle y pensait encore pendant qu'elle se séchait. Sa chatte était très sensible à cause de ses activités récentes, et la serviette a réussi à l'exciter encore plus.

Elle sortit de la salle de bains et se dirigea vers le lit, s'allongeant les jambes écartées et commençant à se toucher une nouvelle fois. S'était-elle soudainement transformée en nympho ? C'était insensé. Elle avait déjà eu trois orgasmes, et voilà qu'elle en cherchait un quatrième.

Elle ferma les yeux, imaginant deux bouches sur ses seins tandis qu'une bite épaisse glissait entre ses cuisses. Dans son fantasme, ses yeux étaient également fermés. Elle se cambra contre sa main, imaginant qu'il s'agissait plutôt d'une grosse bite. Elle ouvrit les yeux dans son fantasme et découvrit que Michael et Daniel étaient ceux qui se régalaient de ses seins, et que Cliff était celui qui la baisait. Elle jouit avec un cri qu'elle ne put retenir, son corps entier tremblant et la laissant toute mouillée.

Elle devrait peut-être rentrer chez elle. Elle n'avait pas vraiment de maison où aller, puisque sa mère était avec son nouveau petit ami, et Heather ne l'avait jamais rencontré. Elle pouvait rendre visite à ses amis, mais elle s'était un peu éloignée de sa meilleure amie lorsqu'elle avait commencé à sortir avec Michael, et elle était incapable de s'éloigner de lui lorsque ce n'était pas absolument nécessaire, comme pour les cours. Ils se fréquentaient encore parfois avec leurs amis, mais les choses avaient changé.

Elle ne voulait aller nulle part. Elle voulait être avec Michael, mais elle avait peur que l'intensité de ce qu'elle ressentait l'emporte sur le bon sens et qu'elle fasse quelque chose qu'elle regretterait.

On frappa soudain à sa porte et elle sursauta. Ses doigts étaient encore enfouis dans sa chatte et elle les retira avec un sentiment de culpabilité en se levant et en attrapant la robe de chambre qui se trouvait dans sa valise. Elle l'enfila, noua la ceinture avec des doigts maladroits avant de se précipiter vers la porte. Elle l'ouvrit après l'avoir déverrouillée, et son estomac plongea d'une manière lente et sinueuse lorsqu'elle l'ouvrit pour trouver Cliff debout de l'autre côté.

TOMBER POUR LES WARRENS

Il était appuyé contre le cadre de la porte, et il avait l'air si décontracté qu'elle en avait l'eau à la bouche. Il avait des rides évidentes autour des yeux et sur le front que les jumeaux n'avaient pas, mais cela ne le rendait pas moins attirant. Cela ajoutait simplement une nouvelle couche d'attrait, et une fois de plus, ses cuisses se sont serrées tandis que sa chatte palpitait.

Si elle ne parvenait pas à maîtriser la situation, elle passerait la journée à baiser ou à se masturber. Ce n'était pas vraiment une idée désagréable, et cela ne l'aidait pas à arrêter de penser au moment où elle avait imaginé la bite de Cliff dans sa chatte. Son visage s'échauffe à ce souvenir.

Il fronce les sourcils, l'air préoccupé. "Je suis venu voir ce que tu voulais que je te commande au restaurant thaïlandais, mais tu n'as pas l'air bien. Tu vas bien ?"

Elle s'évente le visage et rougit de plus en plus. "Je vais bien. Je suis juste..." Elle s'interrompit lorsque ses narines se mirent à battre. Réalisant qu'elle s'éventait avec la main qu'elle avait utilisée pour se masturber, elle la laissa rapidement tomber sur le côté. L'avait-il senti ? Savait-il ce qu'elle faisait ?

En croisant brièvement son regard, elle fut certaine que c'était le cas. Ses yeux s'étaient assombris et il avait l'air excité. Ses pommettes étaient légèrement colorées et elle gémit doucement lorsqu'elle réalisa qu'il la trouvait aussi attirante qu'elle le trouvait lui.

"Qu'est-ce qui ne va pas, Heather ? Sa voix se fait légèrement plus grave, prenant une note rauque.

Elle aurait dû le renvoyer avec une excuse bidon, mais avant qu'elle n'y pense, elle a dit : "J'ai surpris une conversation entre Daniel et Michael." Son visage pourrait-il être plus brûlant ? Elle doit être aussi rouge qu'un camion de pompiers.

Il arqua un sourcil, puis une compréhension soudaine apparut dans ses yeux. "Ah."

Elle penche légèrement la tête. "Qu'est-ce que ça veut dire ?"

Son regard descendit un instant le long de son corps avant de revenir à ses yeux. "Je peux déduire ce dont ils ont pu discuter. Daniel vous admirait-il ?"

Elle acquiesça, incapable de détourner son regard impérieux. Elle se lécha les lèvres et il gémit doucement. "Il a dit qu'il m'aimait bien. Eh bien, il ne l'a pas dit tout à fait comme ça."

La bouche de Cliff se retrousse en un léger sourire. "J'imagine le langage coloré qu'il a utilisé. Il a dit qu'il voulait te baiser ?"

Quand il a dit ce mot, elle a tremblé et a serré ses cuisses plus fort. "Il veut être dans ma chatte pendant que Michael est dans ma bouche. Elle a blanchi en réalisant ce qu'elle venait de dire au père de son petit ami. La façon dont elle l'avait dit ressemblait plus à une invitation qu'à une information qu'elle partageait.

Il déglutit de façon audible pendant un moment, son regard plongeant sur ses seins. Il y resta un moment et elle baissa les yeux.

Il n'est pas étonnant qu'il étudie ses seins. Elle ne s'était pas encore complètement séchée et la robe de chambre en soie blanche ne cachait en rien ses aréoles rose foncé et ses mamelons tendus. Lorsqu'elle imagine sa bouche les couvrir à travers le peignoir de soie, ils se durcissent encore plus.

Son regard se pose à nouveau sur le sien. "Ils ont partagé des filles dans le passé".

Sa bouche s'est ouverte. "Tu étais d'accord avec ça ?"

Il haussa une épaule. "J'ai pensé que c'était entre eux et la fille, pour être honnête. Ce sont des jumeaux. Ils se ressemblent beaucoup, et ils ont des goûts très similaires. Je ne suis pas surpris que Daniel te veuille autant que Michael. Ils ont toujours aimé les petites blondes aux grands yeux bleus. Vous êtes exactement leur type. Tu es une jeune femme sexy".

Cela aurait dû être impossible, mais sa rougeur s'est accentuée. "Th...thank you".

Il incline la tête. "C'est certainement une chose à laquelle il faut penser, n'est-ce pas ?"

Son cerveau est un peu en retard. "Quoi ?"

"Avoir plus d'un amant en même temps. Des mains et des bouches multiples pour vous satisfaire, des bites dures et épaisses pour votre plaisir - ce sont des choses auxquelles il faut penser".

Elle acquiesça, le besoin la consumant alors qu'elle était incapable de penser à quoi que ce soit d'autre. "I..."

Avec un sourire, il prit sa main, celle-là même qu'elle utilisait pour caresser sa chatte, et la porta à sa bouche. Elle s'attendait à sentir sa langue ou ses lèvres, mais il se contenta d'inspirer profondément. Ses pupilles s'élargirent et il expira brutalement quelques instants plus tard. "Qu'est-ce que tu veux du restaurant thaïlandais ?

Elle ne pouvait pas penser à ce genre de choses maintenant, alors elle a choisi la première chose qui lui venait à l'esprit. "Pad Thai".

Il acquiesce. "C'est l'une de mes préférées. Sa langue sortit de sa bouche, parcourant légèrement ses doigts pour goûter son essence. "Délicieux". Il ne parlait vraiment pas de pad thaï.

Lorsqu'il lui lâcha la main, elle la ramena sur le côté et le regarda, impuissante, tandis qu'il lui faisait un signe de tête. "Ils mettent généralement une demi-heure à livrer, vous avez donc le temps de vous occuper de vos besoins d'ici là.

Il a dit cela d'une manière très sensuelle, en lui faisant un clin d'œil, avant de se lever et de marcher dans le couloir. Il ne se retourna pas, mais elle le regarda jusqu'à ce qu'elle ne puisse plus le voir. Elle ferma alors la porte et s'y adossa, sa main cherchant à nouveau frénétiquement sa chair gonflée et chaude pour provoquer un nouvel orgasme. Cette fois, elle pensait à eux trois, et elle n'éprouvait aucune culpabilité à cette idée.

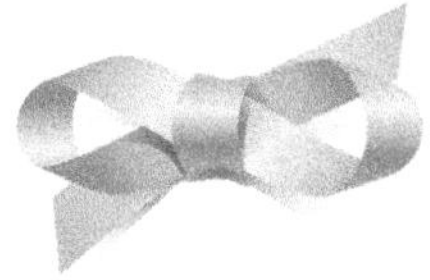

Chapitre Duex

HEATHER A RÉUSSI À se calmer suffisamment pour donner l'impression qu'elle n'avait pas passé la dernière heure à avoir des orgasmes et des fantasmes interdits. Elle enfila une nouvelle robe de soleil, mais ne s'embarrassa pas d'un soutien-gorge. Quel est l'intérêt d'une culotte ? Le tissu doux et soyeux de la robe caressait ses fesses nues à chaque pas, ce qui la rendait encore plus chaude et plus nerveuse.

Elle trouva la salle à manger assez facilement, car la maison n'était pas si grande, et un récipient en polystyrène l'attendait à côté d'une assiette vide. Michael et Daniel avaient déjà disposé leurs plats dans leurs assiettes, et Cliff était en train de faire de même avec la sienne.

Elle n'était pas en mesure de croiser complètement leurs regards, mais son accueil semblait assez normal lorsqu'elle prit place. Elle commença à distribuer sa nourriture, concentrant toute son attention sur elle pour ne pas lever les yeux et se ridiculiser en croisant le mauvais regard complice.

"Parlez-nous de vous", dit Cliff.

Elle releva la tête, croisa brièvement son regard et rougit avant de regarder délibérément par-dessus son épaule. "Je ne pense pas qu'il y ait grand-chose à dire. Je viens d'obtenir un diplôme en communication. Jusqu'à il y a quelques années, j'avais une vie de banlieue typique. Mes parents étaient heureux et amoureux, et ils m'aimaient. Quand mon père est mort de façon inattendue, ma mère a en quelque sorte déraillé."

"Comment cela ? demanda Daniel, son regard se plantant dans le sien. Il semble vouloir tout savoir d'elle. N'était-ce pas un peu trop intense pour une simple attirance sexuelle ? C'est normal, mais cela ne semble pas excessif ou intrusif.

Elle se racle la gorge. "Elle a commencé à boire beaucoup. Elle a vendu notre maison et a emménagé avec un type après l'autre. J'étais partie à l'université peu de temps après le décès de mon père, mais cela a définitivement creusé un fossé entre nous. Je sais qu'elle se sent seule et qu'elle cherche à remplacer ce qu'elle avait avec mon père, mais elle se comporte un peu comme une traînée désespérée."

Des mots qui font mouche. La culpabilité la transperça à nouveau lorsqu'elle pensa au fait qu'elle était attirée par les trois hommes autour de la table. Elle ne voulait pas ressembler à sa mère, même si elle doutait que cette dernière ait eu l'idée de prendre trois amants, surtout de la même famille. Était-elle encore pire que sa mère ?

"Il n'y a rien de mal à avoir des relations sexuelles si cela vous fait du bien", a déclaré Cliff. "J'espère qu'elle ne se fait pas de mal à long terme en tombant amoureuse d'hommes qui ne seront pas là pour elle, mais je ne vois rien de honteux dans son comportement.

C'était comme s'il avait deviné les pensées d'Heather, et que ses mots visaient à l'apaiser plutôt qu'à parler de sa mère. Était-elle en train d'en faire trop ? Elle ne le savait pas, ce qui la laissait confuse et troublée. Elle acquiesça simplement en baissant les yeux et en prenant une bouchée du pad thaï. C'était épicé et délicieux, mais elle avait du mal à se concentrer sur autre chose qu'eux et le conflit qu'elle ressentait.

"La seule chose que Cheryl a faite de mal, c'est de t'exclure de sa nouvelle vie", dit Michael avec une grimace. Il connaissait toute l'histoire, et elle savait qu'il désapprouvait le fait que sa mère ne fasse plus d'elle une priorité.

Elle lui prend la main et lui sourit. "Merci.

Il se penche vers elle et dépose un baiser sur son front. "Tu sais ce que j'en pense, mais je suis d'accord avec mon père. Il n'y a pas de mal à faire l'amour avec qui on veut, juste pour le plaisir."

Imaginait-elle un double sens dans ses paroles, ou un sous-texte subtil qu'il voulait déduire ? En jetant un coup d'œil entre Daniel et lui, qui se regardaient avec des expressions similaires, elle ne pensait pas que c'était le cas. Pouvait-elle vraiment les laisser la partager ? Elle ne doutait pas que ce serait incroyable et intense, mais cela nuirait-il à sa relation avec Michael par la suite ? Elle l'aimait et le respectait, mais que se passerait-il s'il changeait la façon dont il la regardait, ou si elle changeait la façon dont elle le regardait ? Et si elle tombait amoureuse de Daniel en même temps que de Michael ?

Avant qu'elle n'ait le temps de réfléchir, elle s'est empressée de dire : "Quand vous avez partagé des filles, êtes-vous tous les deux tombés amoureux d'elles ?"

Daniel et Michael se sont figés, partageant des expressions jumelles de choc.

Heather a jeté un coup d'œil à Cliff, qu'elle a trouvé légèrement amusé. Elle détourna à nouveau le regard, se concentrant sur Michael, car c'est avec lui qu'elle se sentait le plus à l'aise. "Je suis venue te parler après que tu aies quitté ma chambre, et j'ai entendu ta conversation avec Daniel. Ton père m'a dit que vous aviez déjà partagé des filles, mais comment ça marche ? Est-ce que c'est strictement physique, ou est-ce qu'il y a aussi des émotions qui entrent en jeu ?"

"Cela a été le cas dans les deux sens", a déclaré Michael.

Daniel reprend à partir de là. "Nous avons eu des petites amies que nous avons partagées."

Elle l'a regardé, voyant le désir nu dans son expression. "Des petites amies, comme dans une relation ?"

Daniel acquiesce. "Le plus long moment où nous sommes sortis avec la même fille a été d'environ huit mois. Nous aurions pu durer plus longtemps, mais nous allions tous dans des universités différentes, et Brooke partait à l'autre bout du pays. Aucun de nous ne voulait d'une relation à distance."

Elle fronce les sourcils. "Et vous étiez tous les deux amoureux d'elle ?"

Daniel acquiesça, et Michael murmura son accord. "Et elle était amoureuse de vous deux ?"

"Elle a dit qu'elle l'était", dit Michael. "Je suppose qu'elle aurait pu mentir, mais je n'en avais pas l'impression."

"Qu'en est-il de l'autre type de partage ?"

"La plupart du temps, il s'agissait de coups d'un soir ou de situations d'amis avec avantages", a déclaré Daniel avec désinvolture.

Michael acquiesce. "Beaucoup de filles fantasment sur le fait d'être partagées par des jumeaux, donc il y a une réserve inépuisable de chattes si nous le voulons. Le fait est que nous aimons tous les deux avoir une relation plus importante que le simple sexe. Nous avons souvent des goûts très similaires et nous ressentons la même chose pour certaines choses". Il a dit cela avec un soupçon de sens en se penchant en avant pour embrasser ses lèvres. "Nous sommes tout à fait à l'aise avec le fait de partager toutes nos choses.

Elle fronce les sourcils. "Une petite amie, ce n'est pas quelque chose".

Michael acquiesce. "Ce n'est pas ce que je voulais dire. Je voulais juste dire que nous ne sommes pas jaloux, que nous partagions une fille ou une BMW."

Elle a été brièvement distraite. "Vous avez une BMW ?"

"C'était leur cadeau d'anniversaire pour leurs dix-huit ans", dit Cliff, participant enfin à la conversation. Sa voix était rauque et il appréciait visiblement ce qui se jouait devant lui.

"Un seul", dit-elle un instant en souriant à Cliff, qui sourit à son tour.

"Ils n'avaient que dix-huit ans. Et ils partageaient toutes sortes de choses depuis des années."

Elle fronce les sourcils. "Quand avez-vous commencé à partager des filles ?"

"Nous avions quinze ans", explique Daniel. "C'était une fille plus âgée à l'école et c'était son idée, mais ça ne nous dérangeait pas.

Elle se frotte le front. "Et il n'y a que les filles que vous partagez ? Vous n'êtes pas... ?" Elle s'interrompt avec une grimace de dégoût.

Le nez de Michael se retrousse. "Si tu veux savoir si nous nous partageons l'un l'autre, putain non. Tout tourne autour de toi... d'elle", corrigea-t-il, mais pas à temps.

Elle se doutait qu'il s'agissait d'un lapsus freudien, ou peut-être d'une formulation délibérée pour l'amener à penser qu'ils utilisaient tous les deux son corps. Mais ce ne serait pas de l'utilisation, n'est-ce pas ? Elle recevrait une quantité incroyable de plaisir qu'elle avait du mal à imaginer.

Elle se racla la gorge et croisa le regard de Cliff. Il lui fit un signe de tête encourageant, alors elle se retourna vers Michael, puis plongea son regard dans celui de Daniel, qui était assis de l'autre côté de la table. "Et tu veux me partager ?"

"Plus que tout", dit Daniel avec un gémissement.

Elle le salua d'un signe de tête, mais son regard resta fixé sur Michael. "Si tu m'aimes, est-ce que ça va te faire bizarre ou te rendre jaloux ?"

"Non, pas du tout". Il avait l'air sûr de lui. "Et bien sûr, je t'aime. Il n'y a pas *à* dire."

Elle se mord la lèvre. "Que se passerait-il si je tombais amoureuse de Daniel et de toi ?"

"Cela ne me dérangerait pas. En fait, c'est tout à fait possible puisque Daniel et moi nous ressemblons beaucoup. Cela ne me dérange pas que tu aimes d'autres hommes tant que tu m'aimes encore." Son regard se porta sur Cliff pendant une longue seconde avant de revenir sur elle. Lui faisait-il comprendre qu'il était normal qu'elle désire aussi son père ? Il a dû comprendre ce qui se passait entre eux.

Elle tourne son attention vers Cliff. "Et vous partagez avec vos fils ?"

Cliff secoue la tête. "Ils ne sont jamais sortis avec quelqu'un que je voulais avant".

L'estomac déçu, elle hocha la tête et commença à détourner le regard.

"Jusqu'à présent", ajoute Cliff d'une voix rauque.

Son regard se porta à nouveau sur le sien, et elle y vit le désir accumulé. Elle regarda Michael, incertaine de sa réaction face à la reconnaissance par son père qu'il trouvait sa petite amie attirante. Michael avait l'air serein.

Il lui sourit. "Nous sommes une famille très unie. Certains diront que l'idéal serait de trouver une femme qui nous plaise à tous pour que nous puissions être ensemble."

Elle tremblait à cette idée, mais elle ne bougea pas lorsque Daniel se leva pour venir autour de la table. Il s'est agenouillé à côté d'elle après avoir déplacé la chaise de l'autre côté, posant une main sur sa cuisse. Elle trembla à ce contact, surtout lorsque Michel posa sa main sur son autre cuisse, au même endroit, et qu'ils se serrèrent l'un l'autre.

Elle ferma les yeux lorsque Daniel se pencha plus près d'elle et posa ses lèvres sur sa joue. Elle tourna la tête pour rencontrer sa bouche, tremblant de l'intensité de sa réaction lorsque ses lèvres effleurèrent doucement les siennes. Il n'essaya pas de précipiter quoi que ce soit. C'était un baiser exploratoire, qui l'invitait à l'approfondir, mais il ne prit pas l'initiative de le faire.

La respiration haletante, elle leva un bras et le passa autour des épaules de Daniel, l'attirant un peu plus près tandis qu'elle plongeait timidement sa langue dans sa bouche. Il la laissa donner le rythme, mais elle l'accéléra rapidement. Elle était dévorée par le besoin, et la main de Michael, qui avait glissé de sa cuisse à son sein, l'y incitait.

Des doigts défirent ses boutons, sans qu'elle sache exactement à quel frère appartenait la main. Une seconde plus tard, on lui touchait les deux seins, et elle découvrit une légère différence. Daniel avait des callosités au bout des doigts, ce qui n'était pas le cas de Michael. Elle se tordit sur la chaise lorsque Daniel reprit le baiser, devenant de plus en plus autoritaire et énergique lorsqu'il lui prit le menton et lui fit basculer la tête en arrière pour que sa bouche couvre la sienne et que sa langue puisse s'y engouffrer.

Leurs bouches s'accouplaient avec un abandon sauvage tandis que sa langue caressait la sienne. Michael savait exactement comment pincer et rouler son mamelon, et Daniel s'est rapidement mis au diapason. C'était incroyable et intense, et pour ce qui semblait être la millionième fois de la journée, elle était soudain remplie de désir et voulait qu'ils soient en elle.

Daniel se retire. "Tu as un goût délicieux. Pas étonnant que Michael ne se lasse pas de toi". Pendant qu'il parlait, son pouce continuait à dériver autour de son mamelon. "Est-ce que je peux te voir plus souvent ?"

Avec un gémissement, elle acquiesça. Elle s'attendait à ce qu'ils l'emmènent dans la salle à manger, mais au lieu de cela, Daniel se leva et écarta leurs assiettes avant que Michael et lui ne la soulèvent sur la table. Michael finit de déboutonner son maillot de bain pour qu'il s'ouvre et dévoile son corps. Elle tourna la tête pour croiser le regard de Cliff, se demandant pourquoi il ne s'était pas joint à eux.

Il était penché en arrière, observant tout, et il était évident, à la façon dont sa main bougeait, qu'il se caressait la queue sous la table. Elle se lécha les lèvres et tenta de l'inviter du regard, mais il ne bougea pas. Elle fronça les sourcils, confuse, pensant qu'elle avait peut-être mal interprété ce qu'il attendait d'elle.

Avant qu'elle n'ait pu s'y attarder, Daniel s'était à nouveau déplacé, cette fois entre ses cuisses. Michael se déplaça de l'autre côté de la table, près de sa tête, se penchant en avant pour l'embrasser à l'envers, sa bouche s'emparant de la sienne avec férocité. Cela ne le dérangeait pas de partager, du moins c'est ce qu'il prétendait, mais il voulait clairement laisser sa marque sur elle aussi. Cela ne la dérangeait pas du tout, et elle résista lorsque sa bouche essaya de s'éloigner de la sienne, entortillant sa main dans ses cheveux pour le tenir contre elle un moment de plus.

Il a vaincu sa résistance, sa bouche descendant vers le bas, et elle a cédé après un moment lorsqu'il a pris ses deux seins dans ses mains, étendant sa langue pour lécher ses mamelons tout en bougeant sa tête d'avant en arrière rapidement.

Daniel n'avait pas chômé. Les pieds de la jeune femme sont maintenant appuyés sur des chaises et ses fesses sont au bord de la table. Il s'est agenouillé et a embrassé sa chatte presque de la même façon qu'il avait embrassé ses lèvres. C'était doux et exploratoire au début, sa langue la goûtant à peine. Lorsqu'il plongea soudain à l'intérieur, pénétrant dans son ouverture d'une poussée féroce de son appendice, elle gémit et se cambra.

La bouche sur sa chatte recula. "Elle a un goût d'ambroisie", dit Daniel, en adressant clairement cette remarque à Michael.

"Ses seins sont aussi doux et succulents. Il faut que tu les goûtes un jour, Daniel".

C'était de son corps qu'ils parlaient, et leurs commentaires étaient coquins, mais cela ne faisait qu'attiser son désir pour eux. Elle arqua ses hanches une fois de plus, invitant Daniel à pénétrer plus profondément en elle. Sa langue se tortilla un peu dans son fourreau avant de remonter lentement, le côté de sa langue provoquant toutes sortes de sensations.

Lorsque sa bouche s'est refermée sur son clito, celui-ci a palpité en réponse, et elle s'est cambrée une fois de plus, ses fesses se détachant pratiquement de la table maintenant. Les mains de Daniel se déplacèrent pour soutenir ses fesses et il la tint en l'air afin de pouvoir la dévorer avec voracité. Sa bouche accéléra le rythme et sa chatte réagit en frémissant et en se contractant. C'était bon, mais elle en voulait plus.

Avec Michael qui suçait toujours ses mamelons et alternait entre des morsures douces et des morsures dures, elle était une masse de sensations qui se tortillait. Elle avait toujours l'impression qu'il manquait un élément, et elle se tourna vers Cliff. Il s'était penché plus en arrière et elle pouvait voir le haut de sa bite au-dessus de la table, sa main la travaillant furieusement. Si elle l'avait touché ainsi, elle aurait eu peur de lui faire mal, mais il était clair que son érection d'acier pouvait supporter la punition. Il respirait bruyamment et elle se demanda pourquoi il ne se joignait pas à eux.

Elle fut distraite de cette pensée lorsque Daniel cessa de la lécher, la laissant sur le point de jouir. Elle a émis un son de protestation et Daniel s'est penché pour pouvoir la regarder dans les yeux, sans que Michael ne lui bloque la vue. "Est-ce que je peux te baiser ? Est-ce que je peux mettre ma bite dans ta douce et chaude chatte ?"

TOMBER POUR LES WARRENS

Elle était sur le point d'acquiescer, sachant que sa permission changeait fondamentalement les choses d'une manière dont elle ne se rendait peut-être pas encore compte. C'était sa dernière chance de faire ce qui serait considéré comme la bonne chose et d'arrêter tout ça. Le problème, c'est qu'elle n'en avait aucune envie. Elle voulait sentir Daniel en elle, alors elle acquiesça. "Elle a donc acquiescé. Je veux sentir chaque centimètre de toi."

"C'est bien. Est-ce que je peux te baiser à vif ? Je t'ai vu prendre Michael sans préservatif, ça te va si je fais ça ? Je veux être en toi et tout sentir, et je te promets que je suis propre. Tu es protégée ?"

Elle acquiesce. "Je prends la pilule et je suis clean. Tu peux me baiser à vif." Ces mots lui firent monter le rouge aux joues, lui rappelant qu'elle était normalement beaucoup plus inhibée pour ce genre de choses. Michael avait réveillé en elle un animal passionné, mais dans la vie de tous les jours, elle était d'habitude beaucoup plus circonspecte lorsqu'il s'agissait de sexe. Elle n'avait jamais prononcé l'expression "baiser à vif". Elle n'aurait jamais imaginé à quel point c'était libérateur, ni à quel point cela lui donnait l'impression d'être une séductrice expérimentée.

"Et puisque Michael est un si bon frère et qu'il partage cette petite chatte avec moi, tu veux bien lui sucer la bite ? Est-ce que ça te va ?"

Heather acquiesça et ouvrit la bouche. Les lèvres de Michael s'éloignèrent de ses seins, à son grand regret, et ils la déplacèrent à nouveau, cette fois pour que sa tête pende légèrement au-dessus de la table. Daniel garda ses mains sous ses fesses, inclinant son bassin, et la bite de Michael se frotta contre ses lèvres.

Elle les a écartées pour accepter son érection, le pré-cum recouvrant sa langue d'une anticipation salée. Elle ouvrit la bouche aussi grand que possible pour qu'il puisse se glisser profondément en elle. Michael savait quand s'arrêter, atteignant le fond de sa gorge et la laissant s'ajuster avant de commencer à se caresser dans sa bouche.

Elle a serré ses joues autour de lui, léchant le dessous de sa bite pendant un moment, alors que le liquide coulait continuellement sur sa langue. Lorsqu'elle commença à le sucer, Michael gémit et se cambra contre elle.

"Tout est réglé, ma chérie ?" demande Daniel.

Avec sa bouche pleine de bite, elle ne pouvait pas répondre, alors elle a levé la main pour former un signe "ok" avec ses doigts. Elle haleta autour de la bite de Michael lorsque Daniel plaça la tête de son érection contre son ouverture. Il s'élança en elle d'une seule poussée profonde et dure, et elle gémit à la sensation d'avoir deux bites en elle.

Elle se demandait si Cliff appréciait le spectacle, mais elle ne pouvait pas vraiment tourner la tête pour le savoir. Comme si ses pensées l'avaient convoqué, il vint se placer à proximité. Du coin de l'œil, elle a vu sa main voler au-dessus de sa bite, puis celle-ci a tressailli. Une seconde plus tard, son sperme lui éclaboussa la poitrine et elle frissonna sous l'effet de la sensation. C'était si bon, mais ce n'était rien comparé au moment où il a levé une main et a commencé à frotter son sperme sur son sein, en se concentrant particulièrement sur le mamelon.

Elle a perdu le contrôle de tout à ce moment-là, se tordant et se débattant contre Daniel tout en essayant de se rappeler de sucer Michael. La main de Cliff sur son sein a été la dernière chose dont elle avait besoin, et elle a joui autour de la queue de Daniel avec un cri étouffé par la queue de Michael dans sa bouche.

Les doigts de Daniel s'enfoncèrent dans ses fesses presque douloureusement alors qu'il se jetait dans son corps, se déhanchant de façon arythmique dans son besoin urgent. Quelques secondes plus tard, il se mit à tressaillir et à trembler, projetant son sperme au plus profond d'elle. La pensée de son sperme et de celui de Michael se mélangeant quelque part dans son corps provoqua un autre orgasme, et elle se serra à nouveau autour de lui tandis que Michael déversait sa semence dans sa gorge.

Elle perdit ensuite connaissance, s'abandonnant à l'extase qui l'avait envahie et laissant les hommes s'occuper d'elle. Elle ne se souvenait pas avoir été de la salle à manger à la chambre d'amis, mais elle était vaguement consciente qu'un gant de toilette mouillé se trouvait entre ses cuisses et se déplaçait sur son corps. Elle reçut deux baisers identiques sur les joues, mais elle était trop épuisée pour réagir. Le sommeil l'envahit et elle y succombe volontiers.

Chapitre trois

IL DEVAIT ÊTRE UN PEU plus tôt que l'aube lorsqu'elle se réveilla, car une faible lumière commençait tout juste à traverser les rideaux. Son corps lui faisait mal, mais d'une manière agréable, et elle s'étira en se rappelant comment elle s'était retrouvée dans ce lit.

Elle attendait que la culpabilité l'envahisse, mais elle n'est pas venue. Au lieu de cela, elle s'est sentie profondément satisfaite et heureuse d'avoir fait quelque chose d'aussi inhabituel. Le plus beau, c'est qu'elle n'avait pas l'impression d'avoir agi une seule fois. Elle était certaine que Daniel n'aurait pas envie de l'abandonner maintenant qu'il l'avait eue, et elle ressentait la même chose. Elle voulait Michael et Daniel à la fois. Elle n'était pas encore amoureuse de Daniel comme elle l'était de Michael, mais elle voyait cela arriver facilement.

Elle voulait aussi Cliff. Une douleur l'a traversée lorsqu'elle s'est souvenue qu'il se retenait. Pourquoi ? Peut-être avait-il besoin de l'entendre l'inviter explicitement à se joindre à eux ? Elle n'en était pas sûre, et elle craignait que sa participation limitée à la salle à manger soit tout ce qu'il lui accorderait, puisqu'elle était avec son fils. Ou bien était-ce ses fils maintenant ? Elle avait l'impression d'être à sa place avec Daniel aussi.

Il n'est pas anormal qu'elle ait des sentiments aussi forts aussi rapidement. Après tout, elle avait rencontré Michael un lundi dans une classe commune. Il l'avait ensuite invitée à prendre un café. Le mercredi, ils avaient eu un dîner romantique ensemble, et elle était devenue son amante le vendredi. Elle vivait pratiquement avec lui une semaine plus tard, et elle lui avait dit pour la première fois qu'elle l'aimait environ deux semaines après leur rencontre, une fois qu'il l'avait dit en premier. Elle ne l'avait pas dit parce qu'on l'attendait. Elle l'avait sincèrement pensé et avait en fait retenu les mots pendant des jours, ne voulant pas l'effrayer.

Ce n'était pas le genre d'Heather de se précipiter. Ses relations précédentes s'étaient déroulées à un rythme beaucoup plus lent, mais ce qui est ironique, c'est qu'elle n'avait pas eu l'impression de connaître l'un ou l'autre de ses deux précédents petits amis après des mois de fréquentation avec le même degré d'intimité qu'elle connaissait Michael à la fin d'une semaine.

Il semblait logique qu'il en soit de même pour Daniel. Et Cliff ? Il était un peu énigmatique, donc elle n'en était pas sûre. Mais elle voulait le découvrir.

On frappa à sa porte et elle se raidit. Elle sortit du lit et attrapa son peignoir, qu'elle enfila négligemment, même si cela ne valait pas la peine de s'en préoccuper maintenant que les trois hommes de Warren l'avaient vue nue. Elle se dirigea vers la porte et l'ouvrit, surprise de voir Cliff de l'autre côté. Elle s'appuya contre la porte pour se soutenir, ses genoux faiblissant à sa vue.

Il portait une robe de chambre en soie noire, ouverte presque jusqu'en bas. Elle aurait pu voir la ligne de poils sur son ventre plat qui menait à son sexe si elle l'avait suivie visuellement jusqu'en bas. Au lieu de cela, elle admira ses abdominaux toniques, impressionnée par son corps. Il devait avoir une quarantaine d'années, mais il avait l'air aussi maigre et tonique que ses fils. "Oui ?

"Voulez-vous venir avec moi ?"

Elle n'a pas hésité. Elle s'éloigna de la porte et le suivit. Il lui prit la main alors qu'ils marchaient dans le couloir, et ce simple contact suffit à mettre son corps en ébullition. Elle commença à mouiller entre les jambes rien qu'en tenant sa main.

Il la conduisit dans le couloir jusqu'à la pièce située au bout, derrière une autre paire de doubles portes, qu'il ouvrit pour l'accueillir à l'intérieur. Sa chambre était trois fois plus grande que la sienne, avec du noir et de l'argent comme couleurs prédominantes. Des touches de rouge atténuaient agréablement la monotonie, mais elle n'eut guère le temps d'évaluer le décor.

Lui tenant toujours la main, il l'entraîna légèrement à travers sa chambre et dans la salle de bains.

Elle s'arrêta en trébuchant, impressionnée par le spectacle qui s'offrait à elle. Il y avait une immense baignoire creusée, de la taille d'une petite piscine. Cliff avait pris le temps de tapisser le bord de bougies et de pétales de rose, et l'eau était également parfumée à la rose. C'était un parfum enivrant et elle se détendit contre lui lorsqu'il posa ses mains sur ses épaules. Elle pencha la tête en arrière contre son épaule pendant un moment. "J'avais peur que tu ne veuilles pas de moi.

"Ce n'est certainement pas le cas". Tout en parlant, Cliff faisait grincer son bassin contre son cul, lui prouvant à quel point il la désirait. Si possible, il était encore plus long et plus épais que ses fils. C'était un peu intimidant, mais elle était impatiente de relever le défi.

"Alors pourquoi ne vous êtes-vous pas joints à nous plus tôt ?"

"Je voulais que notre première fois soit seule, et en plus, tu n'étais pas prête."

Elle aurait pu protester, sachant qu'elle était prête, mais il recula et lui enleva son peignoir. Le temps qu'il enlève le sien et lui prenne la main pour la conduire dans l'eau chaude, elle avait oublié de vouloir demander des précisions.

Cliff s'installa sur un banc intégré à la baignoire et l'attira sur lui pour le mettre à califourchon sur ses genoux. Il lève les yeux vers elle. "J'ai tellement envie de t'embrasser".

Elle baissa la tête, désirant la même chose. Ses lèvres étaient fermes et confiantes, n'ayant aucun mal à exiger une réponse de sa part. Elle ne l'aurait pas retenue de toute façon, mais elle doutait qu'elle aurait pu le faire si elle avait essayé. Ses lèvres se pressèrent contre les siennes et sa langue se glissa à travers la couture de ses lèvres pour goûter l'intérieur de sa bouche. Elle s'agrippa à ses épaules et se tortilla contre lui, frustrée par l'insaisissabilité de sa bite qui se balançait dans l'eau, échappant à ses tentatives de se frotter à lui.

Il l'a embrassée longtemps et fort, laissant ses lèvres meurtries et agréablement picotées. Elle se sentait marquée par Cliff lorsqu'il descendit sa tête et lui suça le cou avec force. Elle était sûre d'avoir un suçon, et elle se délectait à l'idée qu'il lui laisse des marques.

Sa bouche descendit encore plus bas et s'arrêta près de ses seins. "Quels seins parfaits vous avez. Il est rare de voir une forme aussi parfaite et une aussi belle poitrine, à moins que la fille n'ait eu recours à des implants. Mais vous n'avez pas eu d'implants." Il a parlé avec assurance, indiquant qu'il ne demandait pas de confirmation. Il savait.

Néanmoins, elle secoue la tête. "Bien sûr que non."

"Des seins naturels et une chatte épilée. Ses doigts glissent légèrement sur le monticule de la jeune femme avant de se poser sur sa hanche. "Tu es le paquet parfait, et je comprends pourquoi Michael et Daniel veulent absolument t'avoir".

Elle passa ses doigts dans ses cheveux, remarquant quelques mèches d'argent sur les tempes. Cela le rendait encore plus sexy. "N'est-ce pas trop tôt ?" Elle se rendit compte qu'elle s'en remettait à lui pour obtenir des conseils. Il semblait contre-intuitif de lui demander si elle faisait le bon choix alors qu'elle était assise sur ses genoux et que son téton était presque dans sa bouche, mais elle était certaine qu'elle pouvait lui faire confiance pour la guider honnêtement.

"Cela ne semble pas être le cas. Les hommes Warren savent souvent ce qu'ils veulent, et ils le poursuivent avec zèle. Lorsque j'ai rencontré Gayle à l'université, j'ai su qu'elle était celle qu'il me fallait. Je l'ai eue dans mon lit en quarante-huit heures, et ma bague était à son doigt en moins d'une semaine. Nous avons conçu les jumeaux aux alentours de notre lune de miel, et c'est parce que je ne pouvais pas supporter de ne pas avoir son ventre gonflé par la preuve qu'elle était mienne. Je l'aurais gardée enceinte sans interruption à l'époque où j'étais un homme des cavernes, mais Gayle avait d'autres projets". Il eut un petit rire triste. "J'ai dû réduire ma possessivité au fil des ans, et elle m'a transformé en une bête plus ou moins civilisée.

L'amour et l'affection évidents dans son ton ne menaçaient pas Heather. Cela le rendait simplement plus attachant, et elle se pencha vers lui, prenant ses joues pour l'embrasser. Quand elle s'est retirée, elle a demandé : "C'était ton âme sœur ?"

"Elle était tout pour moi. Lorsqu'elle est morte il y a dix ans, j'ai traversé une période sombre. Je ne pensais pas pouvoir continuer. S'il n'y avait pas eu Michael et Daniel, je ne l'aurais pas fait. Je ne m'attendais pas à ressentir à nouveau ce genre de choses. Je pensais que Gayle était la seule pour moi. Quand elle est morte, j'étais certain que mes chances de ressentir cela pour quelqu'un d'autre étaient réduites à néant".

Il lui a pris les seins, mais son regard ne s'est pas détaché du sien. "Jusqu'à ce que tu... Je peux m'imaginer tomber amoureux de toi, Heather. Michael l'a déjà fait, et Daniel est en bonne voie. Je ne peux m'empêcher de penser que tu es la pièce manquante de la famille Warren."

Elle aurait pu souligner l'étrangeté d'une famille qui partage une femme, mais elle ne voulait rien faire qui puisse nuire à ce moment. Il s'épanchait clairement, et elle ne pensait pas qu'il manquait de sincérité ou qu'il lui racontait des histoires pour la convaincre de le baiser.

Elle n'avait pas besoin d'être convaincue, puisque sa chatte n'était qu'à quelques centimètres de sa bite dure. Ses paroles ont servi à la séduire, mais elles n'ont fait qu'augmenter son excitation et son besoin de lui. Elle n'avait pas l'impression qu'il la manipulait pour lui faire ressentir quelque chose qu'elle n'aurait pas ressenti autrement.

Une fois de plus, elle l'embrassa avec une férocité sans bornes, et sa passion rejoignit la sienne. Elle passa la main entre leurs deux corps pour trouver sa bite, commençant à l'aligner avec sa chatte pour pouvoir la prendre en elle.

Avec un gémissement, Cliff s'éloigne légèrement. "Un instant. Il y a une autre raison pour laquelle je ne me suis pas joint à vous trois aujourd'hui. C'est parce que vous n'aviez pas d'autre trou prêt. Je veux m'en occuper maintenant."

Elle fronce les sourcils, confuse. "Je ne comprends pas.

Il a tendu la main derrière lui vers le bord de la baignoire pour saisir quelque chose, révélant un plug anal rouge. "J'ai pensé que tu aurais besoin d'un peu de préparation avant d'essayer de prendre une bite dans ton cul. Tu es une vierge anale, n'est-ce pas ?" Une fois de plus, il parlait avec assurance, comme s'il connaissait déjà la réponse.

Elle acquiesça, regardant la prise avec incertitude. "Ça va faire mal ?"

"Peut-être un peu, mais c'est génial une fois que c'est à l'intérieur. Je te promets que tu vas aimer ça, surtout quand je vais remplir ta petite chatte avec ma bite. Tu auras tellement de pression à l'intérieur que tu jureras que tu vas exploser, mais cela te donnera l'orgasme le plus incroyable. Tu peux me faire confiance."

Même s'ils ne se connaissaient que depuis un jour, elle était certaine de pouvoir le faire. Elle acquiesce. "Que dois-je faire ?"

"Tournez-vous et appuyez-vous sur le bord de la baignoire. Relevez vos hanches pour incliner vos fesses vers le haut et appuyez vos tibias sur le banc".

Elle suivit ses indications et prit la position qu'il lui avait indiquée. Un instant plus tard, l'eau a éclaboussé lorsqu'il s'est redressé et s'est déplacé derrière elle. Cliff versa sur ses fesses un produit chaud et huileux qui sentait la rose, et ses mains commencèrent à masser ses joues.

Elle ferma les yeux et apprécia la sensation de ses mains glissant sur elle, ses pouces s'approchant de plus en plus près de la fente interdite que personne n'avait jamais atteinte. Elle avait été trop effrayée pour essayer, même si l'idée l'avait intriguée. Il lui semblait que la réalité serait trop dure pour elle, mais elle s'est abandonnée à la tutelle de Cliff, haletant doucement lorsque son pouce a pénétré dans son trou.

Il a glissé doucement, et son doigt était tellement huilé qu'il n'y avait presque pas de résistance. Il n'a même pas eu mal. C'était juste étrange, mais pas désagréable. Mais pas agréable non plus. Elle tourna la tête pour le regarder. "C'est bon.

Il sourit. "Je te promets que ce sera bien plus que bien. Est-ce que ça fait mal ?" Quand elle a secoué la tête, il a commencé à remuer son pouce d'avant en arrière, étirant son trou. "Ça ?"

Elle acquiesce. "Ce n'est pas vraiment douloureux, mais ça... pique ? Je ne sais pas. C'est difficile à décrire."

Il y eut une autre giclée d'huile, qui s'infiltra autour de son pouce et dans son anus, facilitant son passage. "Ça fait mal maintenant ?

Elle secoue la tête. "Non. Elle essaya de ne pas se raidir lorsque son autre pouce s'insinua dans l'anneau, glissant lentement à l'intérieur tandis qu'il écartait ses joues avec ses paumes. Elle sentit vraiment quelque chose à ce moment-là. Il y avait une gêne, mais elle ne pouvait pas nier que cela envoyait une pulsation de plaisir dans sa chatte. "C'est... intéressant".

Cliff s'esclaffe. "Oui. Il commença à enfoncer légèrement ses pouces dans son corps, les enfonçant aussi profondément qu'il le pouvait et les écartant doucement. Au début, c'était quelque chose de supportable, mais elle s'est vite mise à remuer les hanches et à avoir besoin de quelque chose de plus. Elle mit sa main entre ses cuisses et commença à jouer avec son clito pendant qu'il lui enfonçait le pouce dans le cul. "Cliff... Elle n'était pas certaine de ce qu'elle voulait dire. Sa voix était chargée de besoin et il semblait savoir exactement ce qu'il fallait faire.

"Je pense que tu es prête pour le plug". Ses pouces quittèrent son cul, et elle fut déçue par le manque d'attention. Comment avait-elle pu passer d'une virginité anale à une envie de quelque chose à l'intérieur de son passage arrière en quelques minutes à peine ?

"Pressez doucement en arrière et appuyez. Pendant qu'il parlait, il a enfoncé l'extrémité du bouchon de silicone dans sa fente. Elle essaya de respirer et de se détendre, mais grimaça lorsque la pointe large pénétra dans son passage quelques secondes plus tard. "I..." Elle était sur le point de lui dire qu'elle ne pouvait pas le supporter, mais la partie la plus large a été traversée et le plug était complètement à l'intérieur d'elle. Elle sentait la base rectangulaire appuyer légèrement sur son pli. Elle se sentait aussi trop pleine, mais ce n'était pas inconfortable. Cela lui donnait juste envie d'accorder plus d'attention à sa chatte.

"C'est un beau spectacle, avec ton cul serré autour de lui. J'ai hâte d'y mettre ma bite, mais pas tout de suite. Je vais te laisser le temps de t'adapter, d'accord ?".

Elle acquiesce, incapable de parler.

"Ok, princesse, je vais à nouveau m'asseoir sur le banc et je veux que tu t'assoies sur mes genoux. Cette fois, si tu es prête, je vais mettre ma bite dans ta petite chatte chaude. C'est d'accord ?"

Elle acquiesça consciencieusement, choquée de voir à quel point ses mots orduriers l'excitaient. Si quelqu'un l'avait traitée de chatte, elle aurait été furieuse, mais quand il le disait ainsi, cela sonnait comme un terme d'affection. Il désirait clairement sa chatte avec toutes les fibres de son être, et cela ajoutait certainement à son excitation.

Cliff s'assit et l'aida à se mettre à califourchon sur lui. C'était étrange de sentir le jouet dans son derrière, mais il ne semblait pas menacé de se déloger. Il passa ensuite la main entre leurs deux corps et deux de ses doigts s'enfoncèrent dans son fourreau. Elle gémit sous l'effet de la sensation, à la limite du trop plein et de l'excès. Elle se demandait quelle serait l'intensité de cette sensation lorsque sa bite la pénétrerait, et elle n'eut pas à attendre longtemps pour le savoir.

Après avoir trouvé le chemin, il s'est introduit dans la chatte, d'abord en la poussant superficiellement, la laissant s'adapter à sa taille. Il était certainement plus grand que ses fils. Elle craignait qu'il ne soit trop grand pour elle, mais lentement, il se balança à l'intérieur d'elle jusqu'à ce qu'elle soit finalement installée confortablement sur ses genoux.

Elle s'accrocha à lui, ses cuisses se resserrant autour des siennes, tandis qu'il inclinait légèrement son angle pour être complètement en elle. Elle pouvait pratiquement le goûter au fond de sa gorge, pensa-t-elle avec un petit rire.

Il arqua un sourcil. "Qu'y a-t-il de si drôle, princesse ?"

"J'imagine que ta bite est si grosse et si profonde en moi qu'elle est pratiquement dans ma gorge".

Il laissa échapper un grognement de plaisir. "Je ne serais pas contre l'idée d'avoir ma bite dans ta gorge plus tard, mais je me sens trop bien dans ta chatte pour l'instant. Comment te sens-tu ? Es-tu serrée et trop pleine avec moi en toi, et le jouet dans ton cul ?"

Elle acquiesce, sans se retenir. "C'est tellement. Je ne sais pas si je peux le faire."

Il a commencé à gratter son clito. "J'ai toute confiance en ta capacité à le faire. D'ailleurs, pense à l'intérêt général."

Elle fronce les sourcils. "Je ne comprends pas.

"Si tu veux être capable de prendre les trois Warren en même temps, tu dois t'y préparer. Tu ne peux pas te contenter de te faire remplir le trou du cul par une bite, d'avoir une autre bite dans ta chatte et d'avoir ta bouche enroulée autour d'une troisième. Se préparer à ça, c'est pour le bien de tous". Il a fait un clin d'œil.

L'image que ses mots évoquaient provoqua une nouvelle poussée d'excitation en elle, et cela l'aida à surmonter le dernier de ses malaises lorsqu'il commença à bouger en elle. À chaque poussée, elle perdait l'hésitation qui persistait à cause des sensations accablantes qui la remplissaient, et elle apprécia bientôt d'être fourrée de cette façon.

Elle imaginait que le jouet était l'un des jumeaux avec sa bite dans le cul, tandis qu'elle regardait Cliff dans les yeux et le chevauchait. Il tenait ses hanches, contrôlant la poussée et le rythme alors qu'il la soulevait avec sa bite et la faisait redescendre pendant qu'elle tournait ses hanches dans un mouvement circulaire, faisant durer la sensation de la tête de sa bite pulsant contre son point G, se sentant au bord de l'orgasme.

"Joue avec tes seins. Je veux te voir faire rouler ces jolis petits tétons entre tes doigts."

Elle rejeta la tête en arrière et leva les mains pour obéir à ses ordres, tirant et caressant ses mamelons avec force. C'était beaucoup plus brutal que ce qu'elle faisait d'habitude, mais elle était prise dans l'instant, et c'était parfait.

"Je vais bientôt jouir. Es-tu sur le point de venir avec moi ? Je ne veux pas y aller sans toi, princesse."

"Presque... ?" Son corps était une telle masse de sensations qu'elle n'était pas sûre de ce qui se passait ni du moment où cela se produirait. Elle était juste consumée par le plaisir.

"Presque n'est pas assez bon". Il recommença à caresser son clito, frottant fermement son pouce sous le capuchon jusqu'à ce qu'elle sanglote et se cambre sauvagement contre lui malgré sa main sur l'une de ses hanches qui essayait toujours de la contenir. Elle ne pouvait pas être contenue.

Elle le baisa avec un abandon sauvage jusqu'à ce que son orgasme atteigne son paroxysme et qu'elle s'effondre dans ses bras. Cliff laissa échapper un grognement rauque, son visage enfoui contre sa poitrine, alors que son sperme giclait en elle. Il la tenait fermement contre lui, ses mains revenant sur ses deux hanches, tandis qu'il se contractait et se convulsait jusqu'à ce que chaque goutte de sa semence ait fini de pulser en elle. Même alors, il ne sépara pas leurs corps. Il la tint contre lui pendant plusieurs instants, le temps qu'ils se remettent de leur libération.

Réalisant brusquement qu'elle pressait toujours ses mamelons, cette fois-ci assez fort pour lui faire mal, elle laissa tomber ses mains pour les mettre autour de son cou. Elle se blottit plus près de lui, son visage se nichant entre ses seins, sa langue sortant pour lécher l'un de ses mamelons au passage.

Le jouet était resté en elle, et elle s'attendait à une certaine douleur lorsqu'il l'a retiré quelques secondes plus tard. Il y avait un soupçon d'inconfort, mais ce n'était pas grave du tout. Puis sa main se dirigea vers son cul, ses doigts s'agitant légèrement à l'intérieur pour nettoyer son trou avant qu'il ne sépare leurs corps. L'intérieur de son corps était encore tout lisse de son sperme, et cela l'excitait encore plus.

TOMBER POUR LES WARRENS

Cliff a dû s'en rendre compte, car il l'a soulevée sans effort de l'eau et l'a placée sur le sol, les jambes écartées pour qu'il puisse atteindre sa chatte. Il ne semblait pas du tout découragé par le fait qu'il venait de jouir en elle et il a commencé à la lécher avec des coups sûrs, profonds et fermes. Lorsqu'il a sucé son clito, elle a eu un autre petit orgasme, et elle s'est enfin sentie rassasiée pour le moment.

Ensuite, il l'a portée jusqu'à la douche et les a lavés tous les deux pendant qu'elle se collait contre lui. "Avec trois amants, je crois que je n'aurai jamais l'énergie de faire autre chose que du sexe", dit-elle en riant lorsqu'il l'installe sur le tapis de bain quelques minutes plus tard et commence à l'essuyer.

Elle restait là, passive, le laissant s'occuper d'elle, parce qu'il semblait y prendre plaisir. Elle l'appréciait aussi, et bien qu'elle fût incapable de rassembler l'enthousiasme nécessaire pour une autre partie de jambes en l'air, elle palpitait encore de plaisir entre ses cuisses.

C'est spontanément qu'elle s'est agenouillée sur le tapis de bain pour saisir la base de sa bite et la guider vers sa bouche. Cliff enroula ses cheveux autour d'une de ses grandes mains et maintint sa bouche contre lui pendant qu'elle prenait sa bite à l'intérieur, la laissant se nicher à la base de sa gorge.

Cette fois, il était vraiment au fond de sa gorge, et c'était incroyable. Ses lèvres avaient à peine pu s'étirer suffisamment pour l'accueillir, et elle s'émerveillait encore une fois qu'il ait réussi à introduire ce monstre dans sa chatte alors qu'elle avait le jouet dans son cul. Elle espérait que cela signifiait qu'elle serait capable de prendre les trois Warren la prochaine fois qu'ils seraient prêts à jouer.

Elle bougea sa bouche presque paresseusement, le massant doucement avec ses joues et sa langue. Il était dur et épais, et il commença à pousser contre son visage. Lorsque sa bite s'enfonça plus profondément dans sa gorge que celle de n'importe quel autre homme, elle s'étouffa un instant et il se calma.

Il ne s'est pas retiré pour autant. "Respirez, princesse. Je sais que tu peux le faire."

Déterminée à lui faire plaisir, elle prit une grande inspiration, ce qui sembla également l'exciter davantage, et se détendit autant qu'elle le put. La sensation d'étouffement disparut et elle se mit à sucer sauvagement.

Lorsqu'il l'a récompensée en jouissant, elle a avalé chaque goutte avant de s'asseoir sur ses mollets et de le regarder. C'était une position de soumission, mais elle se sentait bien. Cliff avait vraiment quelque chose de dominant.

Elle se demandait si Michael et Daniel en hériteraient également et deviendraient des hommes aussi exigeants et confiants. L'idée d'être à la merci de trois Warren dominants lui faisait à nouveau mouiller la chatte, mais elle était trop fatiguée et trop endolorie pour imaginer prendre une autre bite à ce moment-là.

Cliff la souleva, la porta jusqu'à son lit et l'y installa. Il la rejoignit, se recroquevilla, sa main sur son ventre et sa bite à demi-flasque reposant entre les joues de son cul. L'une de ses mains se dirigea vers son sein, qu'il prit avec possessivité. Il lui titillait le mamelon toutes les quelques minutes, mais la laissait surtout se reposer.

Bientôt, le sommeil l'envahit et elle se blottit contre le père de son petit ami, reconnaissant qu'il était désormais aussi son petit ami. Le mot "petit ami" lui paraissait trop banal. Il était son amant, tout comme Daniel et Michael. Sa vie avait certainement pris un tournant décisif au cours des dernières vingt-quatre heures, mais elle était optimiste et pensait que cela finirait par être une chose merveilleuse. Tout ce qui était aussi bon ne pouvait pas être mauvais.

Chapitre quatre

ILS N'ONT DÛ FAIRE qu'une sieste, car il était encore tôt lorsqu'ils se sont réveillés. Cliff l'embrassa longuement avant qu'ils ne sortent du lit. Elle prit son peignoir dans la salle de bains avant de retourner dans la chambre d'amis pour se doucher avant de rejoindre les Warren dans la cuisine.

L'odeur des crêpes l'accueillit tandis que Daniel s'occupait de la plaque de cuisson. Michael préparait du jus d'orange fraîchement pressé, et elle poussa un cri de joie. "Je pourrais m'y habituer", dit-elle en prenant l'assiette de crêpes que Daniel lui offrait. Michael lui donna une tape sur les fesses alors qu'elle passait devant lui pour aller chercher un verre de jus d'orange, et elle poussa un cri avant de se précipiter vers la table.

Un sentiment de camaraderie imprégnait l'atmosphère tandis qu'ils s'asseyaient à la table autour d'elle. Elle pensait qu'elle devrait se sentir timide et maladroite en leur présence, mais il était difficile de se sentir étrangère alors qu'elle avait eu chacun de ces hommes en elle au cours des dernières vingt-quatre heures.

"Quels sont tes projets maintenant que tu as obtenu ton diplôme ? Cliff demande à Michael.

Michael haussa les épaules. "Je dois envoyer quelques CV. Je vais peut-être obtenir ma licence d'agent immobilier. C'est nécessaire si je veux me lancer dans le développement et le courtage."

"C'est un choix judicieux. Je ne savais pas que tu t'intéressais à ce genre de travail". Cliff se tamponne la bouche, essuyant une tache tenace de sirop d'érable qu'Heather voudrait se porter volontaire pour lécher à sa place. "Vous auriez dû me le dire quand j'ai vendu la société il y a quelques années.

"Quelle entreprise ? demande Heather.

Cliff la regarde. "J'étais propriétaire d'une société de promotion immobilière commerciale, mais je l'ai vendue lorsque j'ai reçu une bonne offre il y a quelques années. Il était temps." Il a eu l'air triste pendant un moment. "Gayle m'a aidé à la développer pour qu'elle devienne ce qu'elle est aujourd'hui. Si j'avais su que Michael voulait s'en emparer, je l'aurais gardé en dépôt pour lui, ou j'aurais au moins négocié une position avec lui auprès des nouveaux propriétaires."

Michael fait un signe de la main. "Je savais que tu étais prêt à en finir, papa, et je veux faire ça tout seul - même si je ne serais pas contre quelques conseils de ta part.

"Volontiers", dit Cliff en reportant son attention sur Daniel. "Et toi, fiston ? As-tu obtenu cet entretien avec l'école de musique ?"

Heather le regarde. "L'école de musique ? Vous êtes musicien ?"

Il acquiesce. "Guitare et piano".

"Cela explique les callosités. Voyant son expression perplexe, elle ajoute : "Tes doigts sont plus calleux que ceux de Michael."

Il a hoché la tête en signe de compréhension. "Oui, c'est vrai. Et pour répondre à ta question, papa, non, je ne l'ai pas fait. Ils veulent quelqu'un de plus expérimenté, alors je vais probablement donner des leçons pendant un certain temps."

Cliff acquiesça, sans le pousser à faire quoi que ce soit de plus. Heather n'aurait peut-être pas dû être surprise, puisqu'il avait vendu sa propre entreprise bien avant l'âge de la retraite, mais elle s'attendait à ce que leur père mette plus de pression sur eux deux.

En parlant de pression, il se tourne vers elle. "Que comptez-vous faire de votre licence, Heather ?"

Elle avale le jus d'orange qu'elle a dans la bouche. "Euh, je suppose qu'il faut envoyer des CV. J'ai passé des entretiens pour quelques postes avant d'obtenir mon diplôme, et j'ai bien réussi un stage, mais ils ne m'ont pas embauchée. C'est difficile de trouver un emploi en ce moment."

Il acquiesce. "Vous devriez prendre votre temps. Vous pouvez rester avec nous aussi longtemps que vous le souhaitez... sans engagement."

Elle rougit et baisse les yeux, mais acquiesce. Elle appréciait qu'il lui fasse comprendre qu'elle n'était pas là uniquement pour le sexe. Non pas que le sexe la dérange, mais elle était encore endolorie par les activités d'hier et de ce matin.

"Vous avez quelque chose de prévu aujourd'hui ? demande Cliff en les regardant tous les trois. Lorsqu'ils secouent la tête, il sourit. "Sortons le yacht".

Ses yeux s'écarquillent. Ils avaient un yacht ? Bien sûr que oui. Dans ce quartier, il était probablement obligatoire d'avoir un yacht dans la marina, comme une voiture dans le garage. Lorsqu'il lui demanda si elle aimait naviguer, elle haussa les épaules. Elle a haussé les épaules : "Je ne sais pas. Je n'ai fait que quelques croisières dans le port. Je les ai bien aimées."

"Pas de mal de mer ?"

"Non".

Cliff a l'air satisfait. "Excellent. Tout le monde prend son matériel et nous partons dans vingt minutes." Il s'essuya la bouche et se leva, emportant son assiette et son verre dans l'évier. Les jumeaux suivirent une seconde plus tard, et Heather termina sa dernière bouchée et engloutit le reste du jus pour tenir le coup.

• • ❧ • •

LES CROISIÈRES DANS les ports n'ont pas grand-chose à voir avec la voile. Il y a bien les vagues et le mouvement de balancier, mais les bateaux de port sur lesquels elle a navigué étaient utilitaires. Ici, c'est le luxe à l'état pur, avec plusieurs cabines. Au milieu de la journée, ayant facilement acquis le pied marin, elle se tenait à côté de Cliff qui lui montrait comment diriger le bateau. Elle lui sourit. "Je pourrais vivre ici.

Ses yeux brillèrent un instant, mais son expression redevint moins mystérieuse une seconde plus tard. "Je suis d'accord.

"C'était le bateau de Gayle et le vôtre ?" demande-t-elle.

Cliff s'est placé derrière elle et a passé ses bras autour de sa taille. "Gayle détestait l'eau. Elle n'a jamais appris à nager et avait un mal de mer terrible. J'ai acheté le yacht après avoir vendu l'entreprise et j'ai passé un an à naviguer autour du monde pendant que les garçons étaient en première année d'université."

Elle s'appuya contre lui avec un soupir rêveur. "Oh, ça a l'air merveilleux".

"Vous aimeriez ça ?"

Elle a hoché la tête avec empressement avant que cela ne se transforme en gémissement lorsqu'il a touché son téton à travers son mince haut. Elle n'avait pas pris la peine de mettre un soutien-gorge, mais elle avait apporté son maillot de bain. Elle aurait peut-être dû le porter sous son haut au lieu de le mettre dans son sac. Le mamelon se mit à grincer sous l'effet de sa pince experte, et elle se tordit contre lui.

"Je vais jeter l'ancre un moment, les gars", annonce Cliff en s'éloignant d'elle. "Prenons un bain de soleil. Il n'y a personne."

Elle se dirigea vers Michael et Daniel, qui avaient étendu deux grandes couvertures sur le pont, malgré les chaises longues. Elle se doutait que c'était pour qu'ils puissent s'allonger tous ensemble. Son estomac tressaillit lorsqu'elle se demanda s'ils avaient tous l'intention de la baiser maintenant. Elle était un peu nerveuse, mais surtout excitée.

Heather va chercher son bikini dans son sac, mais Daniel arrive derrière elle et le lui prend des mains. "Nous n'en avons pas besoin".

Elle s'est retournée quand elle a senti sa queue frôler sa hanche, et l'a trouvé nu. Michael se débarrassait également de son short et Cliff s'approcha d'eux, la bite dure et projetée vers l'avant. La bouche sèche, elle acquiesça et lâcha le bikini. Lorsque Daniel l'a aidée à remonter son débardeur, elle a levé les bras pour le laisser faire.

Elle mit ses doigts dans la ceinture de son short, accrochant également sa culotte, et la poussa vers le bas en respirant profondément pour se donner du courage. Lorsqu'elle s'est levée, Daniel a passé son bras autour de son dos pour la guider jusqu'à l'endroit où elle a pris le soleil. Michael était déjà allongé sur le pont, tandis que Cliff était perché sur une chaise longue.

Agissant par instinct, Heather a rampé jusqu'à Michael, appréciant les respirations retenues de Daniel et Cliff, qui avaient une vue rapprochée de sa chatte dans cette position. Elle s'agenouilla au-dessus de Michael avant de se pencher pour l'embrasser longuement. Il prit son visage dans ses mains et garda sa bouche contre la sienne pendant un long moment, ne la lâchant pas jusqu'à ce qu'elle saisisse sa bite. "Tu vas me sucer ?

Elle haussa les épaules. "A moins que tu ne veuilles autre chose ?"

Son petit ami sourit. "Une pipe, c'est bien... pour l'instant".

Elle a penché la tête, le cul toujours en l'air, et l'a léché de la base à la pointe avant de faire tournoyer sa langue autour de la couronne. Il se raidit et se cambra contre elle, la poussant à prendre sa longueur. Elle le fit, dépassant la limite qu'elle avait connue avec Michael pour le laisser s'installer profondément dans sa gorge.

"Oh, putain", murmura-t-il durement, les yeux fermés alors que les cordes de son cou se tendaient.

"Putain ouais", dit Daniel en s'agenouillant derrière Heather.

Elle s'est figée pendant une seconde lorsqu'il a écarté ses cuisses et ses joues, s'attendant à ce qu'il s'adonne à des jeux de cul. Au lieu de cela, il s'écartait juste pour enfouir sa bouche contre sa fente et commencer à la lécher comme un homme affamé.

Elle a sucé Michael pendant qu'il se débattait contre son visage, aimant les aperçus de son expression qu'elle pouvait voir. C'était enivrant de lui donner un tel plaisir. Elle était franchement étonnée de pouvoir continuer à le faire alors que la langue de Daniel se déplaçait de façon si experte dans sa chatte, l'amenant au bord de l'orgasme.

"Je vais éclater", dit Michael en saisissant une poignée de ses longs cheveux blonds. "Tu veux avaler ?

Elle acquiesce avec enthousiasme. Elle répondait toujours par l'affirmative, mais il lui posait souvent la question. Elle trouvait qu'il faisait preuve de prévenance et d'attention. Un instant plus tard, sa queue a tressailli et il a joui dans sa gorge. Elle avala le sperme avant qu'il ne se retire.

Daniel l'a poussée vers le bas, le visage fermement appuyé contre le pont. La position était humiliante, la laissant vulnérable et à sa merci - un endroit qui ne l'effrayait pas. Il continua à la lécher jusqu'à ce qu'elle saisisse la couverture sous elle et crie pendant son orgasme.

Elle s'en était à peine remise que des mains puissantes la soulevèrent dans une paire de bras tout aussi puissants. Elle sourit à Cliff alors qu'elle subissait les conséquences de son orgasme. Il la porta jusqu'à la chaise longue sur laquelle il s'était installé, l'installant sur ses genoux, dos à son estomac. Elle aperçut un tube de quelque chose qu'elle identifia d'abord comme de la crème solaire jusqu'à ce qu'il l'approche et qu'elle puisse lire le mot "lube" sur le tube. Elle trembla légèrement.

"Tu veux arrêter ? demande Cliff lorsqu'elle frémit contre lui. "Tu n'es pas obligée de faire ce que tu ne veux pas faire."

Elle acquiesce. "Je sais que... Je veux le faire. Je suis juste un peu nerveuse."

Il passe sa paume sur son abdomen. "Tu te souviens du bien que tu as ressenti ce matin avec ce jouet dans ton cul et ma bite dans ta chatte ? Sur son hochement de tête, il a descendu sa main pour effleurer son mamelon épilé. "Ce sera tout aussi bon cette fois-ci. Peut-être même mieux. D'accord, princesse ?"

Elle a acquiescé et s'est penchée en avant lorsque Cliff l'a guidée. La pointe du lubrifiant s'est pressée contre sa fente un instant plus tard, puis le lubrifiant frais et glissant a rempli son passage arrière. Elle garda cette position jusqu'à ce qu'il la guide pour qu'elle s'assoie à nouveau sur ses genoux.

Il s'adresse ensuite à ses fils. "Je vais lui mettre le pied au cul et m'assurer qu'elle est à l'aise avant que vous ne vous joigniez à nous. Nous ne voulons pas lui faire de mal."

"Jamais", dit Michael avec ferveur.

"Je n'y songerais pas", dit Daniel.

Elle leur adressa à tous deux un sourire radieux tandis que Cliff guidait le bout de sa bite, qui semblait incroyablement large à ce moment-là, jusqu'à sa fente. Se souvenant de la façon dont il l'avait fait se baisser auparavant, elle le fit instinctivement tandis qu'il se pressait contre l'anneau musculaire récalcitrant. Se déplaçant lentement, il se glissa à l'intérieur avec un bruit sec quelques secondes plus tard, se retenant et s'enfonçant de quelques centimètres à la fois dans son corps.

Elle sursauta à l'intrusion et à la sensation de piqûre, mais celle-ci s'estompa lorsqu'il fut complètement en elle. Il l'entoura de ses bras et s'adossa au salon, l'attirant sur lui, le dos contre sa poitrine. Il saisit ses hanches et ajusta légèrement leur position.

"Comment ça va ? demande Michael, les yeux pleins d'inquiétude.

Heather sourit. "C'est bon."

"Le paradis de la baise", dit Cliff. "Ton cul est comme un étau, princesse. Tu serres ma bite si fort."

"C'est une bonne chose ? demande-t-elle avec une pointe d'incertitude.

"Très bien", dit Cliff avec un grognement. "Je pense qu'elle est prête pour vous maintenant."

Elle essaya de se détendre et d'ouvrir les jambes le plus possible lorsque Michael arriva près d'elle. Il avait déjà recommencé à bander, et sa bite frôlait l'entrée lisse de la jeune fille. Ses yeux s'écarquillèrent lorsqu'il essaya de se glisser en elle. Elle fronce les sourcils. "Quelque chose ne va pas ?

Il secoue la tête. "Tu es tellement serrée". Il ferma les yeux et introduisit sa bite à l'intérieur. Une fois que la tête a dépassé l'entrée, il a glissé le reste du chemin avec facilité. Michael rejeta la tête en arrière et cria quelque chose d'inintelligible avant de dire : "C'est si bon."

C'était bon pour elle aussi, mais c'était aussi douloureux. Ce n'était pas comme ce matin. Elle était bien plus pleine avec leurs deux grosses bites en elle. Elle ne leur a pas dit que c'était inconfortable, préférant respirer à travers. Elle voulait que ça marche. Elle était déterminée à faire en sorte que ça marche.

Michael se déplaça légèrement et, soudain, les choses changèrent. Elle était toujours gavée de bites, mais ce n'était pas douloureux. C'était juste un peu trop, mais dans le bon sens du terme.

Daniel devait attendre ce moment, car il s'est approché, se tenant à côté d'elle et caressant paresseusement sa bite. Elle tourna la tête pour enrouler ses lèvres autour de la tête, et il poussa vers l'avant pour enfoncer complètement son épais gland en elle. Il atteignit le fond de sa gorge et continua. Elle devait respirer autour de sa bite, et elle se concentrait toujours sur sa respiration à travers les sensations intenses de Cliff et Michael qui la baisaient tous les deux. Les Warren l'ont laissée à bout de souffle.

Daniel a commencé à entrer et sortir de sa bouche, faisant le plus gros du travail. Il a dû se rendre compte qu'elle n'était pas aussi concentrée qu'il le fallait pour lui faire une bonne pipe. Elle maintint la succion et garda ses joues enveloppées autour de lui.

Cliff et Michael avaient trouvé un rythme, et ils faisaient aussi tout le travail. Elle ne pouvait pas bouger entre eux. Ils la déplaçaient tandis que leurs bites entraient et sortaient d'elle de manière opposée. C'était la façon parfaite de gérer la position, car cela lui permettait de ne pas se sentir trop remplie tout en sentant chaque centimètre de leurs bites entrer et sortir d'elle.

Le premier orgasme la surprend et elle s'y abandonne avec un cri de surprise. Il était difficile de suivre tout ce qui se passait dans son corps, alors elle s'est abandonnée et s'est laissée faire, tandis que Michael et Cliff l'amenaient au bord d'un autre relâchement quelques instants plus tard.

La bite de Daniel la serra dans sa bouche, mais il se retira avant de pouvoir jouir.

Elle sursauta lorsque son excitation chaude éclaboussa ses seins quelques instants plus tard, et elle leva les mains pour frotter son sperme, se rappelant que Cliff avait fait la même chose hier lorsqu'il avait joui sur sa poitrine. C'était bon, et elle aimait avoir la semence de Daniel sur sa peau.

"Putain", dit Cliff doucement, sa bite se raidit.

Celle de Michael se contractait en elle alors qu'il déversait sa semence. Elle se demanda si Cliff avait maudit, car les convulsions transmises à travers son fourreau l'avaient poussé à bout en vibrant jusqu'à son cul. Ses mains s'agrippèrent fermement à ses hanches et il la ramena contre lui. Michael se retirait lentement, et Cliff atteignit l'apogée une seconde plus tard avec un grognement rude et des quantités abondantes de sperme qui remplissaient le passage arrière de la jeune femme.

Elle s'effondra contre la poitrine de Cliff, tandis qu'ils prenaient tous deux le temps de reprendre leur souffle. Quelques minutes plus tard, Michael la releva et l'étendit sur la couverture à côté de lui. Daniel s'allongea de l'autre côté, et Cliff s'étendit près de ses pieds. Il en prit un dans sa main et commença à le masser doucement.

Le vent souffle, mais il est agréable, même sur son corps nu. Les vagues, combinées à l'épuisement consécutif à cette incroyable partie de jambes en l'air, la berçaient jusqu'au sommeil. Elle ne bougea que lorsque Cliff lui chatouilla le pied, reculant et gémissant en signe de protestation.

"Comment aimes-tu naviguer, princesse ?"

Elle a levé la tête pour croiser son regard. "J'adore ça, surtout avec les Warren". Elle pourrait définitivement s'y habituer.

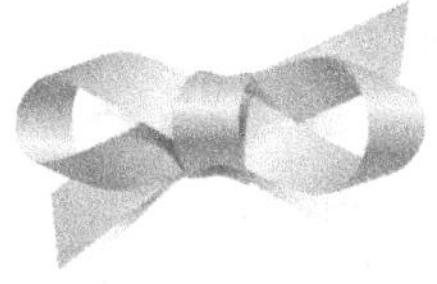

Chapitre Cinq

LES SEMAINES AVAIENT commencé à se fondre dans un brouillard d'amour et de détente. Heather n'avait pas encore envoyé une nouvelle série de CV, et elle savait que Michael se relâchait tout autant. Elle remettait cela au lendemain, parce que le jour présent apportait chaque jour de si jolies friandises.

C'était physiquement exigeant de satisfaire trois amants, mais la contrepartie était qu'elle n'avait jamais été aussi rassasiée de sa vie. Et ils l'ont gâtée comme des petits fous, choyant ses moindres caprices. Elle ne voulait pas prendre cela pour acquis ou s'attendre à un tel traitement, alors elle s'assurait d'apprécier chaque chose qu'ils faisaient pour elle, qu'elle soit grande ou petite.

Elle avait l'esprit tourné vers eux lorsqu'elle a répondu au téléphone, et n'a donc pas pris la peine de regarder l'identité de l'appelant. "Allô ?"

"Bonjour, mon enfant, c'est ta mère". Cheryl était au bord des larmes.

Elle grimace, sachant qu'il s'agit encore d'une séance où Cheryl se plaint de son dernier amant qui l'a larguée. "Je reconnais votre voix. Elle n'avait pas l'air chaleureuse quand elle a répondu.

Si Cheryl l'a remarqué, elle a ignoré le manque de chaleur. "Paul et moi faisons une pause. Je pensais que nous pourrions passer un peu de temps ensemble ?"

"Je n'ai pas d'appartement, et toi non plus. Je ne pense pas que ça marcherait". Elle s'accrocha à cette excuse, levant les yeux lorsque Michael entra dans le salon où elle s'était étalée sur l'immense canapé.

"Vous devez loger quelque part."

"Avec mon petit ami", dit-elle à contrecœur. "Tu te souviens de Michael ? Tu l'as rencontré il y a quelques mois quand tu es passé en janvier pour livrer mon cadeau de Noël et que tu es resté trente minutes." L'amertume transparut dans son ton et Michael répondit en venant s'asseoir à côté d'elle et en s'appuyant contre elle.

"Bien sûr, je me souviens de lui. Un jeune homme sympathique. Cela ne le dérange pas que je reste avec vous quelques jours ?"

Elle se sentait prise au piège en regardant Michael. "Elle demande à venir nous voir. S'il te plaît, dis non", murmura-t-elle.

Michael n'a pas dû entendre la dernière partie, car il a haussé les épaules. "Je suis sûr que papa s'en moque. Il y a une chambre d'amis supplémentaire, ou tu peux t'installer dans ma chambre pour la visite et la laisser utiliser la tienne."

Heather avait gardé la chambre d'amis ces dernières semaines, car cela lui permettait de choisir librement avec qui elle voulait passer chaque nuit. Elle alternait régulièrement entre les trois, et plus d'une fois, ils s'étaient endormis sur ce même canapé après une longue séance de sexe vigoureux impliquant ses trois amants et elle.

"Excellent", dit Cheryl assez fort pour que Heather grimace, même si sa mère n'est pas sur haut-parleur. "Envoyez-moi l'adresse par SMS. Heather s'exécuta et dit : "Je suis dans le coin, donc je serai là cet après-midi."

"J'ai hâte", dit Heather avec une pointe d'aigreur avant de raccrocher. Elle se tourne vers Michael. "Je t'ai dit de dire non."

Il lève la main. "Je ne vais pas être le méchant. Je veux que ta mère m'aime bien."

"Qu'est-ce qui se passe ? demande Cliff en entrant dans le salon. Daniel apparaît quelques instants plus tard avec son étui à guitare, visiblement en route pour donner un cours particulier.

"Cheryl, la mère de Heather, s'est invitée chez nous pour quelques jours. J'espère que c'est d'accord ?" demande Michael.

Cliff fronce les sourcils. "Bien sûr, je suppose. Ta mère est-elle au courant de notre arrangement, Heather ?" Quand elle a secoué la tête, il a froncé les sourcils. "Je n'aime pas les secrets."

Elle se lèche les lèvres. "Moi non plus. Je ne veux rien cacher."

"Mais peut-être devrions-nous lui dire en douceur", a dit Daniel. "Cela pourrait être un choc".

Heather fronce les sourcils. "Je me fiche de savoir si c'est le cas".

Michael soupire. "Je sais qu'elle t'a fait beaucoup de mal, mais veux-tu vraiment révéler que tu as trois petits amis brusquement ?"

Elle haussa les épaules, puis s'immobilisa. "Vous êtes tous mes petits amis ?"

"Bien sûr", répond Michael, l'air confus.

"C'est ce que je pensais", a déclaré Daniel.

Elle regarde Cliff, qui grimace. "Petit ami est un mot si tiède, mais oui".

Elle a regardé ses mains jointes pendant un moment. "Nous n'avons pas discuté de la direction à prendre, vous savez ?"

"J'ai vécu l'instant présent", dit Daniel avec insouciance. "Je m'attends à vivre beaucoup de moments avec toi dans notre avenir".

Elle laissa échapper un souffle tremblant à ses paroles encourageantes. "Alors tu veux un avenir ?"

Daniel posa la mallette et vint se placer derrière elle. Il posa ses mains sur ses épaules et se pencha de façon à ce que leurs visages soient proches, mais à l'envers. "Je ne peux pas imaginer un avenir sans toi.

Ses lèvres ont vacillé un instant et elle lui a souri avant de tourner la tête lorsque Michael lui a donné un coup de menton.

"J'ai une bague à l'étage. Je l'ai depuis trois semaines après que nous ayons commencé à sortir ensemble. Je ne voulais pas précipiter la demande en mariage, mais j'avais prévu de la faire. Si j'ai attendu, c'est en partie parce que je me doutais que Daniel te voudrait autant que moi". Il regarde son père avec un sourire amusé. "Papa a été un peu surpris, mais c'est parfait. Je suis prêt à te demander en mariage si tu le souhaites, mais ça ne me dérange pas que tu n'épouses aucun d'entre nous si c'est ce que tu veux faire. Je suis définitivement tout à fait d'accord et je veux être avec toi".

Elle a repoussé ses larmes avant de jeter un coup d'œil à Cliff, qui était resté pratiquement muet. Elle l'interrogeait du regard, mais il se dérobait à ses yeux. Finalement, elle demanda : "Cliff, comment te sens-tu ?"

Il soupire lourdement. "Je ressens vraiment une connexion avec toi. Je ne m'attendais pas à ce que cela se reproduise. Une partie de moi est prête à se lancer, comme je l'ai fait avec Gayle, mais j'ai aussi peur de m'engager à nouveau. J'ai à peine survécu à sa perte. Je ne peux pas revivre ça".

Elle baisse les yeux. "Oh." C'était une réponse sensée et honnête, mais elle avait l'impression qu'il lui avait arraché le cœur et l'avait piétiné. "Qu'est-ce que cela signifie pour nous ?" Elle leva à nouveau les yeux.

"Je veux être avec toi, mais je ne suis pas prêt pour cette discussion. J'ai juste besoin d'un peu plus de temps, si tu peux t'en passer ?" Cliff lui sourit lorsqu'elle acquiesce. "Cliff lui sourit lorsqu'elle acquiesce. J'ai juste besoin d'y voir clair, princesse."

Elle acquiesça et laissa Michael la distraire en faisant un tour au magasin pour s'assurer qu'ils avaient les produits préférés de sa mère. Daniel était parti à son cours, et Cliff se dirigeait vers son bureau lorsqu'ils se quittèrent. Elle n'était qu'à quelques kilomètres de lui, mais elle avait l'impression d'être à des milliers en ce moment.

• • ⁂ • •

CHERYL EST ARRIVÉE cet après-midi-là, soufflant comme un ouragan, avec à peu près la même force destructrice sur la tranquillité d'esprit de Heather. Elle accueillit la femme plus âgée en la serrant dans ses bras et la conduisit au salon après l'avoir présentée à Daniel et lui avoir rappelé qui était Michael. Cliff était sorti faire son jogging, il a donc pu retarder la réunion. Il a eu de la chance.

"C'est un sacré endroit que vous avez là", dit Cheryl en rejetant un verre de vodka qu'elle avait demandé quelques instants après son arrivée.

"Ce n'est pas ma place". Mais elle se sentait chez elle. Si Cliff décidait qu'il ne pouvait pas s'engager avec elle, Michael et elle trouveraient un autre endroit, et elle était sûre que Daniel les rejoindrait. Elle ne serait pas seule, mais elle ne serait pas complète non plus.

"Jouez bien vos cartes, et c'est possible. Passez la bague au doigt dès que vous le pouvez. N'attends pas d'avoir la quarantaine et d'être désespérée." Cheryl se resservit un verre et l'avala comme de l'eau de roche.

Heather a évité d'aborder ce conseil gênant. "Combien de temps restez-vous ?"

"Juste le temps de me ressaisir. Je pensais à quelques jours, mais peut-être à quelques semaines, puisque cet endroit est si chic et qu'il y a de la place pour s'étendre."

Elle lance un regard noir à sa mère. "Tu n'imposeras pas l'hospitalité de Cliff pendant deux semaines, maman".

Cheryl penche la tête. "Où est Cliff ? C'est le père des jumeaux - et seigneur, quels beaux garçons ils sont - n'est-ce pas ? Comment les différencier ?" Elle rit. "Je crois que c'est facile. Il n'y en a qu'un qui est ton petit ami."

"Euh, c'est vrai. Cliff est sorti courir." L'estomac de Heather se noue alors qu'elle analyse l'intérêt évident de sa mère. "Avant qu'elle ne puisse avertir sa mère d'essayer de poursuivre Cliff, celui-ci est apparu dans l'entrée, toujours dans son jogging avec des taches de sueur qui lui donnaient un air sexy. Elle ferma brièvement les yeux lorsque Cheryl se déplaça sur le canapé, rapprochant son corps de l'entrée, afin que Cliff puisse voir son chemisier.

"Vous devez être Cliff. Cheryl a pratiquement ronronné les mots en se levant et en s'élançant vers lui. "Je vois d'où vos fils tirent leur beauté".

Cliff jette un coup d'œil à Heather avant de regarder Cheryl lorsqu'elle pose sa main sur sa poitrine. Il la soulève et la transforme en poignée de main avant de reculer. "Et vous devez être Cheryl. Je suis ravi de vous rencontrer. Si vous voulez bien m'excuser, il faut que je prenne une douche."

"Tu veux qu'on t'aide à te laver le dos ? demande Cheryl avec un petit rire coquin.

Cliff ne répondit pas, mais il monta les escaliers en courant, comme s'il fuyait une meute de chiens sauvages. Il a dû se rendre compte que Cheryl avait des griffes à la place des dents et qu'elle voulait les enfoncer dans sa chair.

Heather était agacée par le comportement de sa mère, mais elle ne savait pas comment l'interpeller sans l'éloigner de Cliff parce qu'il était l'amant d'Heather. Elle doute que Cheryl soit prête à entendre cela.

"C'est une bête sexy. Je me demande comment il est au lit." Cheryl retourne s'asseoir et se sert un troisième verre de vodka.

Dominant et possessif, mais avec un côté tendre d'un kilomètre de large. Elle ne l'a pas dit à voix haute. "N'y pense même pas."

Cheryl fronce les sourcils. "Ce serait tellement parfait. Tu es avec Mitchell..."

"Michael", corrige-t-elle avec irritation.

Sa mère fait un signe de la main. "Cliff est célibataire, n'est-ce pas ? Devant le hochement de tête réticent de Heather, elle sourit. "Vous voyez, c'est parfait. Nous pourrions être une grande famille heureuse."

Heather frémit à cette idée. "Non.

Cheryl roule des yeux. "Ne gâche pas tout pour moi, bébé. J'ai besoin d'une couverture de sécurité. Je vieillis et je perds de mon charme". Elle a murmuré la dernière partie. "J'ai besoin d'un homme qui prenne soin de moi."

"Ou vous pourriez prendre soin de vous", s'insurge Heather. "Utiliser ton diplôme de bibliothécaire".

Sa mère prend un air maussade. "Je ne peux pas. De nos jours, presque personne n'engage de bibliothécaires ayant seulement une licence, et mon diplôme date de vingt-trois ans. Je ne suis qualifiée pour aucun emploi".

Elle compte jusqu'à dix pour garder patience. "Tu peux retourner à l'école ou chercher ailleurs. Tu n'as pas besoin d'un homme pour te surveiller."

Cheryl laisse échapper un sanglot. "C'est différent pour moi. Je suis une femme différente. Attraper un homme comme Cliff résoudrait tous mes problèmes."

"Jusqu'à ce que vous en créiez d'autres", murmure Heather. Avec un soupir fatigué, elle se leva. "Laissez-moi vous montrer la chambre d'amis". Elle conduisit sa mère jusqu'à la chambre située en face de la sienne et la laissa là. Elle n'en pouvait plus pour le moment.

Chapitre Six

CHERYL N'A PAS RECULÉ. Elle a redoublé d'efforts et est venue dîner dans une robe fendue jusqu'à la hanche qui laissait voir la plus grande partie de sa poitrine. Heather est gênée par cette vue et se cache la tête contre l'épaule de Daniel, qui est le plus proche. C'est le premier d'une longue série de moments croustillants où sa mère fait comprendre à Cliff qu'il peut l'avoir s'il le veut.

Il avait l'air pris au piège et a réussi à éviter ses avances pour la soirée. Avant le dessert, il s'est excusé pour passer un appel professionnel. Heather était sceptique, car il n'avait pas beaucoup d'affaires à gérer ces jours-ci, à part quelques maisons de location qu'il entretenait et le temps qu'il consacrait à la gestion de patrimoine. Elle ne pouvait pas lui reprocher de fuir.

Sa mère n'avait pas lésiné sur l'alcool non plus. Elle suivit Heather et les jumeaux dans le salon. Lorsqu'ils s'assirent de part et d'autre de Heather, Cheryl émit un ronronnement. "C'est diablement tentant. Comment faites-vous pour ne pas toucher à Damian ?" Elle regardait Daniel comme un morceau de viande, et il se déplaçait avec un regard effrayé. Il était comme un lapin qui vient de flairer un couguar. Si quelqu'un correspondait à la définition, c'était bien sa mère.

Poussée à bout par sa mère, Heather a posé sa main sur la cuisse de chacun des deux hommes. "Je ne sors pas avec eux. Je sors avec Mitchell et Damian", dit-elle avec beaucoup de sarcasme, pensant que sa mère ne s'en souviendrait pas demain matin, vu la façon dont elle buvait.

Cheryl vacille un instant, le couguar s'efface pour laisser apparaître l'éclair d'une mère inquiète. "C'est vrai ? Est-ce bien sage, ma chérie ? Je ne veux pas que tu sois blessée."

"Nous n'allons pas lui faire de mal", dit Michael avec fermeté.

"Nous l'aimons", ajoute Daniel en passant son bras autour de ses épaules.

Avec un clignement d'œil, Cheryl haussa les épaules. "Si ça marche pour toi, qui suis-je pour juger ? Tu auras deux fois plus de sécurité si tu peux les garder, Heather."

Heather roule des yeux. "Il est tard. Je vais me coucher." Elle jeta un coup d'œil à Michael et Daniel, qui la suivirent hors de la pièce. Cheryl se dirigeait vers le bar à alcool. Elle devrait peut-être intervenir, mais elle était la fille, pas la mère, et ce n'était pas à elle d'empêcher Cheryl de prendre de mauvaises décisions.

. . ❧ . .

PLUS TARD DANS LA NUIT, après que Daniel et Michael eurent trouvé des moyens de la distraire de ses problèmes, elle sortit de la chambre de Michael, laissant les jumeaux ronfler dans le grand lit, pour aller voir comment allait sa mère. La culpabilité la gagnait et elle voulait s'assurer que Cheryl ne s'était pas évanouie dans le salon avec la bouteille de vodka à ses côtés.

Elle entendit des voix en s'approchant du salon, et lorsqu'elle entra, sa bouche s'ouvrit d'indignation. Sa mère avait mis Cliff au pied du mur et pressait son corps contre lui. Ses mains ne s'engageaient pas, si ce n'est pour empêcher les siennes de devenir trop familières. Il était manifestement pris au piège, voulant être gentil sans être violé. Lorsque ses yeux rencontrèrent les siens, son soulagement fut palpable.

Elle se précipite vers l'avant. "Ça suffit, maman. Éloigne-toi de Cliff tout de suite."

Cheryl était manifestement pompette - ou carrément ivre - car elle trébucha un peu lorsqu'elle se tourna vers Heather. "Je t'ai dit de ne pas tout gâcher pour moi, Heather".

"Il ne veut pas de toi", dit-elle avec exaspération.

"Comment le sais-tu ? Cheryl a hoqueté. "Je connais toutes sortes de façons d'intéresser un homme."

"Pas celui-là, vous ne le ferez pas. Enlevez vos mains de mon amant tout de suite."

Cheryl se raidit, tout comme Cliff. Lorsqu'elle recula, cela lui permit de s'échapper et il vint se placer derrière Heather, posant une main sur sa hanche et son bras autour de sa taille.

"Qu'est-ce que tu... ? Il est assez vieux pour être ton père, et tu as ces jumeaux." Les yeux de Cheryl étaient rouges. "Tu ne peux pas avoir les trois. Donne-moi l'un d'entre eux, sale égoïste."

Heather sursaute. "Tu vas finir par dégriser et regretter ce que tu fais. Arrêtons avant de dire des choses impardonnables."

"Non. C'est de ta faute si je suis seule. J'ai refusé un homme qui voulait m'épouser quand tu étais au lycée parce qu'il ne voulait pas de toi. Il ne voulait pas attendre que tu ailles à l'université. Tu ne peux pas me priver d'un avenir et recommencer avec lui". Elle a pointé son doigt en direction de Cliff.

La lèvre de Heather se retrousse. "Pour l'amour du ciel, papa est mort en avril, l'année où j'ai obtenu mon diplôme de fin d'études secondaires. Quelqu'un t'a demandé en mariage quelques semaines après sa mort ?"

Cheryl haussa les épaules. "Il m'a toujours appréciée, mais tu as tout gâché. Pas cette fois."

"Assez", dit Cliff avec fermeté. "Vous allez quitter ma maison immédiatement, Mme Ross. Tant que vous n'aurez pas appris le respect, vous ne serez pas la bienvenue."

Cheryl lui lance un regard noir. "Elle me doit..."

Cliff s'est détourné d'elle et a quitté la pièce. Heather se sentait abandonnée, mais elle ne pouvait pas lui reprocher d'avoir quitté le navire avant qu'il ne s'enflamme. "Tu ne peux pas conduire dans cet état, je vais t'appeler un taxi."

"Je n'ai nulle part où aller et pas d'argent pour partir. Tout cela est de ta faute. Tu as toujours été une enfant méchante. Et te prostituer avec trois hommes ?" Cheryl se rapproche en titubant. "Tu me dégoûtes."

"C'est réciproque". Heather se raidit lorsque Cliff réapparaît, les yeux écarquillés lorsqu'il tend un chèque à sa mère. "Ne lui donnez pas d'argent."

"C'est toujours ta mère, et sans elle, tu ne ferais pas partie de ma vie". Il se tourne vers Cheryl. "Un taxi est en route et j'ai pris la liberté de prendre votre sac dans la chambre d'amis pendant que j'étais à l'étage en train de faire l'addition. Vous pouvez attendre le taxi dehors. Ne recontactez pas Heather à moins d'être prête à être une vraie mère pour elle - et ne revenez pas pour d'autres aumônes. C'est une affaire unique."

Heather écarquille les yeux en voyant le nombre de zéros. "C'est une somme folle".

"De l'argent bien dépensé", dit Cliff en prenant sa mère par le bras et en la conduisant à la porte d'entrée. Il l'ouvrit, sans se laisser décourager par les supplications de Cheryl, et la poussa fermement à travers la porte. Il posa son sac sur le perron et referma la porte avant d'enclencher la serrure.

Heather n'arrive pas à croire qu'il ait donné un chèque à sa mère. "Elle n'a rien fait pour mériter ça.

Il haussa les épaules. "Je ne peux pas laisser ta mère sans ressources, mais je voulais dire que c'est la seule fois où elle recevra de l'aide de notre part, à moins qu'elle ne fasse le ménage et qu'elle ne change quelque chose. Nous n'allons pas la laisser entrer et sortir de nos vies pendant les cinquante prochaines années, en provoquant des drames."

Elle ouvre la bouche. "Cinquante ans ? Cela signifie-t-il que tu veux être avec moi ?"

Cliff avait l'air penaud. "Bien sûr, j'ai paniqué tout à l'heure face à la réalité. J'ai paniqué devant la réalité tout à l'heure, mais j'avais déjà décidé en faisant mon jogging que j'étais un imbécile. J'avais prévu de te dire que je m'investis totalement dans un avenir avec toi et les jumeaux, mais ta mère était là, et elle est effrayante."

Elle rit en se rapprochant de lui pour l'embrasser, entendant des pas dans l'escalier. "Elle peut l'être, mais tu t'en es occupé".

"J'avais peur de ne pas pouvoir. Elle avait huit mains, au moins."

Elle rit plus fort. "Peut-être, mais tu t'en es sorti tout seul, et tu m'aimes".

Il acquiesça, son expression étant sincère lorsqu'il la regarda dans les yeux. "Je ne m'attendais pas à aimer à nouveau, mais j'ai eu le privilège d'avoir deux femmes spéciales dans ma vie. Je t'aime." Il lui releva le menton pour l'embrasser longuement, tandis que les phares traversaient la fenêtre.

Michael et Daniel les rejoignent alors, et Cliff fait un récapitulatif tandis qu'Heather se dirige vers la fenêtre et regarde dehors. Elle a vu sa mère monter dans le taxi et a regardé jusqu'à ce qu'il disparaisse. Elle doutait de revoir sa mère un jour, mais elle s'accrochait à un petit espoir.

Se détournant de la fenêtre, elle décida que cela n'avait pas d'importance. Elle avait sa propre famille en face d'elle, et les Warren étaient tout ce dont elle avait besoin.

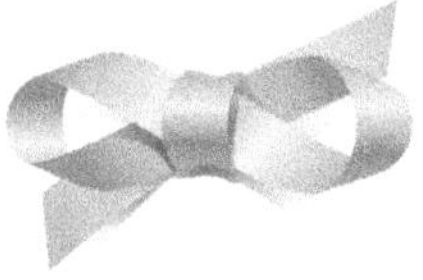

Épilogue

QUELQUES MOIS PLUS tard

Lorsque Cliff a suggéré qu'ils passent du temps à voyager sur le yacht, Heather a été plus que disposée à mettre ses perspectives de carrière, aussi limitées soient-elles, en suspens pendant un certain temps. Michael est rapidement monté à bord, et Daniel a accepté une fois qu'il a trouvé quelqu'un pour assurer ses cours. Ils ont passé les derniers mois à naviguer d'un endroit exotique à l'autre, et elle est tombée de plus en plus amoureuse de Michael, Daniel et Cliff.

Cela les a amenés dans la région du Kinnaur, en Inde, qui est l'un des rares endroits où une femme peut légalement épouser plus d'un mari. Ils ont eu droit à une cérémonie traditionnelle, et le village qui l'accueillait avait mis les petits plats dans les grands. C'était une expérience authentique, jusqu'à son sari décoratif et son henné.

Et quand tout fut terminé et qu'ils furent rentrés chez eux pour la nuit, Heather se perdit dans les bras de ses maris. Alors qu'elle prenait du plaisir avec chacun d'eux, elle ne pouvait pas imaginer être plus heureuse ou plus bénie, si ce n'est avec un enfant.

C'était le prochain projet auquel elle et les Warren allaient s'attaquer, et elle savait qu'ils seraient à la hauteur de la tâche. L'année prochaine, à la même époque, elle aura une version miniature de ses maris, si la chance leur sourit. En attendant, elle entend continuer à aimer ses hommes de tout son cœur et à vivre pleinement chaque jour avec eux. Elle ne regrettera jamais d'être tombée amoureuse des Warren.

À propos de Kit Kyndall

Kit Kyndall est le nom de plume que Kit Tunstall, auteur de best-sellers *USA Today*, utilise pour écrire des romances érotiques contemporaines. Il s'agit simplement d'un moyen de séparer la myriade de types d'histoires qu'elle écrit afin que les lecteurs sachent à quoi s'attendre avec chaque "auteur".

Rejoignez la liste de diffusion de[1] **Kit pour vous tenir au courant des nouvelles parutions et recevoir du contenu exclusif.**

---

1. http://eepurl.com/bpdvb9

Did you love *Tomber pour les Warrens*? Then you should read *Bloqués par la neige avec le guide plus âgé de l'Alaska*[2] by Kit Kyndall!

[3]

Romance grincheux/ensoleillé avec différence d'âge

Prévoyant de faire une surprise à son père, Beth Wyndam arrive au centre de guides de Reed Nixon en Alaska un jour plus tôt que le reste de son groupe. Le mauvais temps l'oblige à rester avec le vieil homme bourru, mais elle se sent attirée par lui malgré son caractère grincheux. Reed la veut aussi, mais les quinze années qui les séparent, ainsi que leurs différences d'origines, sont des obstacles qu'il ne peut se résoudre à ignorer. Avec un peu de chance, beaucoup de neige et une panne d'électricité, Beth parvient à mettre Reed dans son lit. C'est tout ce qu'elle espérait, mais le vrai défi est de ne pas tomber amoureuse d'un homme

---

2. https://books2read.com/u/4jNjq5

3. https://books2read.com/u/4jNjq5

qui l'a prévenue dès le début qu'il n'y avait pas d'avenir pour eux - surtout quand elle réalise qu'il y aura un rappel permanent de leur liaison.

Also by Kit Kyndall

Kingwood Prep
Catching His Eye

Protectors
Safe Harbor
Hart & Soal

Pure Escapes
Ablaze
Out Of Bounds
Guarded
Succumb
Taking
Proposition
I'm No Saint Nick
Tomber pour les Warrens

Sage Valley

Reunion
A Second Chance

Seen
Catching His Eye, Part 1
Catching His Eye, Pt. 2
Catching His Eye, Pt. 3

SpicyShorts
Pawn
Two Cowboys for Cady
Ebony Enigma
Wrong Groom
Model Behavior
Biology Lessons
Mai Tais on the Beach
All Grown Up
SpicyShorts Bundle

Sweet Escapes
Falling For A Firefighter
Worth Waiting

Well...
Well-Seasoned

Standalone
Playing His Game
Snowbound
Student Bodies
Double Delights
Tied To You
Seduction
A Royal Pain
The Island
Submission
Falling For The Warrens
Billionaire's Baby Contract
Das Spiel Des Produzenten Spielen
die Insel, Anya: Dunkle Romantische Spannung
Jouer Au Jeu Du Producteur
Séduction: Jason and Lanie
Verführung: Jason and Lanie
Bloqués par la neige avec le guide plus âgé de l'Alaska
Eingeschneit mit dem älteren Alaskanischen Führer